The Duel

Anton Pavlovich Chekhov

Дуэль

Антон Павлович Чехов

The Duel

ISNB: 978-1-61895-239-4

Дуэль

© Пресса библиотек, 2018

ISNB: 978-1-61895-239-4

ДУЭЛЬ

I

Было восемь часов утра — время, когда офицеры, чиновники и приезжие обыкновенно после жаркой, душной ночи купались в море и потом шли в павильон пить кофе или чай. Иван Андреич Лаевский, молодой человек лет 28, худощавый блондин, в фуражке министерства финансов и в туфлях, придя купаться, застал на берегу много знакомых и между ними своего приятеля, военного доктора Самойленко.

С большой стриженой головой, без шеи, красный, носастый, с мохнатыми черными бровями и с седыми бакенами, толстый, обрюзглый, да еще вдобавок с хриплым армейским басом, этот Самойленко на всякого вновь приезжавшего производил неприятное впечатление бурбона и хрипуна, но проходило два-три дня после первого знакомства, и лицо его начинало казаться необыкновенно добрым, милым и даже красивым. Несмотря на свою неуклюжесть и грубоватый тон, это был человек смирный, безгранично добрый, благодушный и обязательный. Со всеми в городе он был на ты, всем давал деньги взаймы, всех лечил, сватал, мирил, устраивал пикники, на которых жарил шашлык и варил очень вкусную уху из кефалей; всегда он за кого-нибудь хлопотал и просил и всегда чему-нибудь радовался. По общему мнению, он был безгрешен, и водились за ним только две слабости: во-первых, он стыдился своей доброты и старался маскировать ее суровым взглядом и напускною грубостью, и во-вторых, он любил, чтобы фельдшера и солдаты называли его вашим превосходительством, хотя был только статским советником.

— Ответь мне, Александр Давидыч, на один вопрос, — начал Лаевский, когда оба они, он и Самойленко, вошли в воду по самые плечи. — Положим, ты полюбил женщину и сошелся с ней; прожил ты с нею, положим, больше двух лет и потом, как это случается, разлюбил и стал чувствовать, что она для тебя чужая. Как бы ты поступил в таком случае?

— Очень просто. Иди, матушка, на все четыре стороны — и разговор весь.

— Легко сказать! Но если ей деваться некуда? Женщина она одинокая, безродная, денег ни гроша, работать не умеет...

— Что ж? Единовременно пятьсот в зубы или двадцать пять помесячно — и никаких. Очень просто.

— Допустим, что у тебя есть и пятьсот, и двадцать пять помесячно, но женщина, о которой я говорю, интеллигентна и горда. Неужели ты решился бы предложить ей деньги? И в какой форме?

Самойленко хотел что-то ответить, но в это время большая волна накрыла их обоих, потом ударилась о берег и с шумом покатилась назад по мелким камням. Приятели вышли на берег и стали одеваться.

— Конечно, мудрено жить с женщиной, если не любишь, — сказал Самойленко, вытрясая из сапога песок. — Но надо, Ваня, рассуждать по человечности. Доведись до меня, то я бы и виду ей не показал, что разлюбил, и жил бы с ней до самой смерти.

Ему вдруг стало стыдно своих слов; он спохватился и сказал:

— А по мне хоть бы и вовсе баб не было. Ну их к лешему!

Приятели оделись и пошли в павильон. Тут Самойленко был своим человеком, и для него имелась даже особая посуда. Каждое утро ему подавали на подносе чашку кофе, высокий граненый стакан с водою и со льдом и рюмку коньяку; он сначала выпивал коньяк, потом горячий кофе, потом воду со льдом, и это, должно быть, было очень вкусно, потому что после питья глаза у него становились маслеными, он обеими руками разглаживал бакены и говорил, глядя на море:

— Удивительно великолепный вид!

После долгой ночи, потраченной на невеселые, бесполезные мысли, которые мешали спать и, казалось, усиливали духоту и мрак ночи, Лаевский чувствовал себя разбитым и вялым. От купанья и кофе ему не стало лучше.

— Будем, Александр Давидыч, продолжать наш разговор, — сказал он. — Я не буду скрывать и скажу тебе откровенно, как другу: дела мои с Надеждой Федоровной плохи... очень плохи! Извини, что я посвящаю тебя в свои тайны, но мне необходимо высказаться.

Самойленко, предчувствовавший, о чем будет речь, потупил глаза и застучал пальцами по столу.

— Я прожил с нею два года и разлюбил... — продолжал Лаевский, — то есть, вернее, я понял, что никакой любви не было... Эти два года были — обман.

У Лаевского была привычка во время разговора внимательно осматривать свои розовые ладони, грызть ногти или мять пальцами манжеты. И теперь он делал то же самое.

— Я отлично знаю, ты не можешь мне помочь, — сказал он, — но говорю тебе, потому что для нашего брата-неудачника и лишнего человека всё спасение в разговорах. Я должен обобщать каждый свой поступок, я должен находить объяснение и оправдание своей нелепой жизни в чьих-нибудь теориях, в литературных типах, в том, например, что мы, дворяне, вырождаемся, и прочее... В прошлую ночь, например, я утешал себя тем, что всё время думал: ах, как прав Толстой, безжалостно прав! И мне было легче от этого. В самом деле, брат, великий писатель! Что ни говори.

Самойленко, никогда не читавший Толстого и каждый день собиравшийся прочесть его, сконфузился и сказал:

— Да, все писатели пишут из воображения, а он прямо с натуры...

3

— Боже мой, — вздохнул Лаевский, — до какой степени мы искалечены цивилизацией! Полюбил я замужнюю женщину; она меня тоже... Вначале у нас были и поцелуи, и тихие вечера, и клятвы, и Спенсер, и идеалы, и общие интересы... Какая ложь! Мы бежали, в сущности, от мужа, но лгали себе, что бежим от пустоты нашей интеллигентной жизни. Будущее наше рисовалось нам так: вначале на Кавказе, пока мы ознакомимся с местом и людьми, я надену вицмундир и буду служить, потом же на просторе возьмем себе клок земли, будем трудиться в поте лица, заведем виноградник, поле и прочее. Если бы вместо меня был ты или этот твой зоолог фон Корен, то вы, быть может, прожили бы с Надеждой Федоровной тридцать лет и оставили бы своим наследникам богатый виноградник и тысячу десятин кукурузы, я же почувствовал себя банкротом с первого дня. В городе невыносимая жара, скука, безлюдье, а выйдешь в поле, там под каждым кустом и камнем чудятся фаланги, скорпионы и змеи, а за полем горы и пустыня. Чуждые люди, чуждая природа, жалкая культура — всё это, брат, не так легко, как гулять по Невскому в шубе, под ручку с Надеждой Федоровной и мечтать о теплых краях. Тут нужна борьба не на жизнь, а на смерть, а какой я боец? Жалкий неврастеник, белоручка... С первого же дня я понял, что мысли мои о трудовой жизни и винограднике — ни к чёрту. Что же касается любви, то я должен тебе сказать, что жить с женщиной, которая читала Спенсера и пошла для тебя на край света, так же не интересно, как с любой Анфисой или Акулиной. Так же пахнет утюгом, пудрой и лекарствами, те же папильотки каждое утро и тот же самообман...

— Без утюга нельзя в хозяйстве, — сказал Самойленко, краснея от того, что Лаевский говорит с ним так откровенно о знакомой даме. — Ты, Ваня, сегодня не в духе, я замечаю. Надежда Федоровна женщина прекрасная, образованная, ты — величайшего ума человек... Конечно, вы не венчаны, —

продолжал Самойленко, оглядываясь на соседние столы, — но ведь это не ваша вина и к тому же... надо быть без предрассудков и стоять на уровне современных идей. Я сам стою за гражданский брак, да... Но, по-моему, если раз сошлись, то надо жить до самой смерти.

— Без любви?

— Я тебе сейчас объясню, — сказал Самойленко. — Лет восемь назад у нас тут был агентом старичок, величайшего ума человек. Так вот он говаривал: в семейной жизни главное — терпение. Слышишь, Ваня? Не любовь, а терпение. Любовь продолжаться долго не может. Года два ты прожил в любви, а теперь, очевидно, твоя семейная жизнь вступила в тот период, когда ты, чтобы сохранить равновесие, так сказать, должен пустить в ход всё свое терпение...

— Ты веришь своему старичку-агенту, для меня же его совет — бессмыслица. Твой старичок мог лицемерить, он мог упражняться в терпении и при этом смотреть на нелюбимого человека, как на предмет, необходимый для его упражнений, но я еще не пал так низко; если мне захочется упражняться в терпении, то я куплю себе гимнастические гири или норовистую лошадь, но человека оставлю в покое.

Самойленко потребовал белого вина со льдом. Когда выпили по стакану, Лаевский вдруг спросил:

— Скажи, пожалуйста, что значит размягчение мозга?

— Это, как бы тебе объяснить... такая болезнь, когда мозги становятся мягче... как бы разжижаются.

— Излечимо?

— Да, если болезнь не запущена. Холодные души, мушка... Ну, внутрь чего-нибудь.

— Так... Так вот видишь ли, какое мое положение. Жить с нею я не могу: это выше сил моих. Пока я с тобой, я вот и философствую, и улыбаюсь, но дома я совершенно падаю духом. Мне до такой степени жутко, что если бы мне сказали, положим, что я обязан прожить с нею еще хоть один месяц, то я, кажется, пустил бы себе пулю в лоб. И в то же время разойтись с ней нельзя. Она одинока, работать не умеет, денег нет ни у меня, ни у нее... Куда она денется? К кому пойдет? Ничего не придумаешь... Ну, вот, скажи: что делать?

— М-да... — промычал Самойленко, не зная, что ответить. — Она тебя любит?

— Да, любит настолько, насколько ей в ее годы и при ее темпераменте нужен мужчина. Со мной ей было бы так же трудно расстаться, как с пудрой или папильотками. Я для нее необходимая составная часть ее будуара.

Самойленко сконфузился.

— Ты сегодня, Ваня, не в духе, — сказал он. — Не спал, должно быть.

— Да, плохо спал... Вообще, брат, скверно себя чувствую. В голове пусто, замирания сердца, слабость какая-то... Бежать надо!

— Куда?

— Туда, на север. К соснам, к грибам, к людям, к идеям... Я бы отдал полжизни, чтобы теперь где-нибудь в Московской губернии, или в Тульской, выкупаться в речке, озябнуть, знаешь, потом бродить часа три хоть с самым плохеньким студентом и болтать, болтать... А сеном-то как пахнет! Помнишь? А по вечерам, когда гуляешь в саду, из дому доносятся звуки рояля, слышно, как идет поезд...

Лаевский засмеялся от удовольствия, на глазах у него выступили слезы, и, чтобы скрыть их, он, не вставая с места, потянулся к соседнему столу за спичками.

— А я уже восемнадцать лет не был в России, — сказал Самойленко. — Забыл уж, как там. По-моему, великолепнее Кавказа и края нет.

— У Верещагина есть картина: на дне глубочайшего колодца томятся приговоренные к смерти. Таким вот точно колодцем представляется мне твой великолепный Кавказ. Если бы мне предложили что-нибудь из двух: быть

6

трубочистом в Петербурге или быть здешним князем, то я взял бы место трубочиста.

Лаевский задумался. Глядя на его согнутое тело, на глаза, устремленные в одну точку, на бледное, вспотевшее лицо и впалые виски, на изгрызенные ногти и на туфлю, которая свесилась у пятки и обнаружила дурно заштопанный чулок, Самойленко проникся жалостью и, вероятно, потому, что Лаевский напомнил ему беспомощного ребенка, спросил:

— Твоя мать жива?

— Да, но мы с ней разошлись. Она не могла мне простить этой связи.

Самойленко любил своего приятеля. Он видел в Лаевском доброго малого, студента, человека-рубаху, с которым можно было и выпить, и посмеяться, и потолковать по душе. То, что он понимал в нем, ему крайне не нравилось. Лаевский пил много и не вовремя, играл в карты, презирал свою службу, жил не по средствам, часто употреблял в разговоре непристойные выражения, ходил по улице в туфлях и при посторонних ссорился с Надеждой Федоровной — и это не нравилось Самойленку. А то, что Лаевский был когда-то на филологическом факультете, выписывал теперь два толстых журнала, говорил часто так умно, что только немногие его понимали, жил с интеллигентной женщиной — всего этого не понимал Самойленко, и это ему нравилось, и он считал Лаевского выше себя и уважал его.

— Еще одна подробность, — сказал Лаевский, встряхивая головой. — Только это между нами. Я пока скрываю от Надежды Федоровны, не проболтайся при ней... Третьего дня я получил письмо, что ее муж умер от размягчения мозга.

— Царство небесное... — вздохнул Самойленко. — Почему же ты от нее скрываешь?

— Показать ей это письмо значило бы: пожалуйте в церковь венчаться. А надо сначала выяснить наши отношения. Когда она убедится, что продолжать жить вместе мы не можем, я покажу ей письмо. Тогда это будет безопасно.

— Знаешь что, Ваня? — сказал Самойленко, и лицо его вдруг приняло грустное и умоляющее выражение, как будто он собирался просить о чем-то очень сладком и боялся, что ему откажут. — Женись, голубчик!

— Зачем?

— Исполни свой долг перед этой прекрасной женщиной! Муж у нее умер, и таким образом само провидение указывает тебе, что делать!

— Но пойми, чудак, что это невозможно. Жениться без любви так же подло и недостойно человека, как служить обедню, не веруя.

— Но ты обязан!

— Почему же я обязан? — спросил с раздражением Лаевский.

— Потому что ты увез ее от мужа и взял на свою ответственность.

— Но тебе говорят русским языком: я не люблю!

— Ну, любви нет, так почитай, ублажай...

— Почитай, ублажай... — передразнил Лаевский. — Точно она игуменья... Плохой ты психолог и физиолог, если думаешь, что, живя с женщиной, можно выехать на одном только почтении да уважении. Женщине прежде всего нужна спальня.

— Ваня, Ваня... — сконфузился Самойленко.

— Ты — старый ребенок, теоретик, а я — молодой старик и практик, и мы никогда не поймем друг друга. Прекратим лучше этот разговор. Мустафа, — крикнул Лаевский человеку, — сколько с нас следует?

— Нет, нет... — испугался доктор, хватая Лаевского за руку. — Это я заплачу. Я требовал. Запиши за мной! — крикнул он Мустафе.

Приятели встали и молча пошли по набережной. У входа

на бульвар они остановились и на прощанье пожали друг другу руки.

— Избалованы вы очень, господа! — вздохнул Самойленко. — Послала тебе судьба женщину молодую, красивую, образованную — и ты отказываешься, а мне бы дал бог хоть кривобокую старушку, только ласковую и добрую, и как бы я был доволен! Жил бы я о ней на своем винограднике и...

Самойленко спохватился и сказал:

— И пускай бы она там, старая ведьма, самовар ставила.

Простившись с Лаевским, он пошел по бульвару. Когда он, грузный, величественный, со строгим выражением на лице, в своем белоснежном кителе и превосходно вычищенных сапогах, выпятив вперед грудь, на которой красовался Владимир с бантом, шел по бульвару, то в это время он очень нравился себе самому, и ему казалось, что весь мир смотрит на него с удовольствием. Не поворачивая головы, он посматривал по сторонам и находил, что бульвар вполне благоустроен, что молодые кипарисы, эвкалипты и некрасивые, худосочные пальмы очень красивы и будут со временем давать широкую тень, что черкесы честный и гостеприимный народ. «Странно, что Кавказ Лаевскому не нравится, — думал он, — очень странно». Встретились пять солдат с ружьями и отдали ему честь. По правую сторону бульвара по тротуару прошла жена одного чиновника с сыном-гимназистом.

— Марья Константиновна, доброе утро! — крикнул ей Самойленко, приятно улыбаясь. — Купаться ходили? Ха-ха-ха... Почтение Никодиму Александрычу!

И он пошел дальше, продолжая приятно улыбаться, но, увидев идущего навстречу военного фельдшера, вдруг нахмурился, остановил его и спросил:

— Есть кто-нибудь в лазарете?

— Никого, ваше превосходительство.

— А?

— Никого, ваше превосходительство.

— Хорошо, ступай...

Величественно покачиваясь, он направился к лимонадной будке, где за прилавком сидела старая, полногрудая еврейка, выдававшая себя за грузинку, и сказал ей так громко, как будто командовал полком:

— Будьте так любезны, дайте мне содовой воды!

II

Нелюбовь Лаевского к Надежде Федоровне выражалась главным образом в том, что всё, что она говорила и делала, казалось ему ложью или похожим на ложь, и всё, что он читал против женщин и любви, казалось ему, как нельзя лучше подходило к нему, к Надежде Федоровне и ее мужу. Когда он вернулся домой, она, уже одетая и причесанная, сидела у окна и с озабоченным лицом пила кофе и перелистывала книжку толстого журнала, и он подумал, что питье кофе — не такое уж замечательное событие, чтобы из-за него стоило делать озабоченное лицо, и что напрасно она потратила время на модную прическу, так как нравиться тут некому и не для чего. И в книжке журнала он увидел ложь. Он подумал, что одевается она и причесывается, чтобы казаться красивой, а читает для того, чтобы казаться умной.

— Ничего, если я сегодня пойду купаться? — спросила она.

— Что ж? Пойдешь или не пойдешь, от этого землетрясения не будет, полагаю...

— Нет, я потому спрашиваю, что как бы доктор не рассердился.

— Ну, и спроси у доктора. Я не доктор.

На этот раз Лаевскому больше всего не понравилась у Надежды Федоровны ее белая, открытая шея и завитушки волос на затылке, и он вспомнил, что Анне Карениной, когда она разлюбила мужа, не нравились прежде всего его уши, и подумал: «Как это верно! как верно!» Чувствуя слабость и пустоту в голове, он пошел к себе в кабинет, лег на диван и накрыл лицо платком, чтобы не надоедали мухи. Вялые, тягучие мысли всё об одном и том же потянулись в его мозгу, как длинный обоз в осенний ненастный вечер, и он впал в сонливое, угнетенное состояние. Ему казалось, что он виноват перед Надеждой Федоровной и перед ее мужем и что муж умер по его вине. Ему казалось, что он виноват перед своею жизнью, которую испортил, перед миром высоких идей, знаний и труда, и этот чудесный мир представлялся ему возможным и существующим не здесь, на берегу, где бродят голодные турки и ленивые абхазцы, а там, на севере, где опера, театры, газеты и все виды умственного труда. Честным, умным, возвышенным и чистым можно быть только там, а не здесь. Он обвинял себя в том, что у него нет идеалов и руководящей идеи в жизни, хотя смутно понимал теперь, что это значит. Два года тому назад, когда он полюбил Надежду Федоровну, ему казалось, что стоит ему только сойтись с Надеждой Федоровной и уехать с нею на Кавказ, как он будет спасен от пошлости и пустоты жизни; так и теперь он был уверен, что стоит ему только бросить Надежду Федоровну и уехать в Петербург, как он получит всё, что ему нужно.

— Бежать! — пробормотал он, садясь и грызя ногти. — Бежать!

Воображение его рисовало, как он садится на пароход и потом завтракает, пьет холодное пиво, разговаривает на палубе с дамами, потом в Севастополе садится на поезд и едет. Здравствуй, свобода! Станции мелькают одна за другой, воздух становится всё холоднее и жестче, вот березы и ели, вот Курск, Москва... В буфетах щи, баранина с кашей, осетрина, пиво, одним словом, не азиатчина, а Россия, настоящая Россия. Пассажиры в поезде говорят о торговле, новых певцах, о франко-русских симпатиях; всюду чувствуется живая, культурная, интеллигентная, бодрая жизнь... Скорей, скорей! Вот, наконец, Невский, Большая Морская, а вот Ковенский переулок, где он жил когда-то со студентами, вот милое, серое небо, моросящий дождик, мокрые извозчики...

— Иван Андреич! — позвал кто-то из соседней комнаты. — Вы дома?

— Я здесь! — отозвался Лаевский. — Что вам?

— Бумаги!

Лаевский поднялся лениво, с головокружением и, зевая, шлепая туфлями, пошел в соседнюю комнату. Там у открытого окна на улице стоял один из его молодых сослуживцев и раскладывал на подоконнике казенные бумаги.

— Сейчас, голубчик, — мягко сказал Лаевский и пошел отыскивать чернильницу; вернувшись к окну, он, не читая, подписал бумаги и сказал: — Жарко!

— Да-с. Вы придете сегодня?

— Едва ли... Нездоровится что-то... Скажите, голубчик, Шешковскому, что после обеда я зайду к нему.

Чиновник ушел. Лаевский опять лег у себя на диване и начал думать:

«Итак, надо взвесить все обстоятельства и сообразить. Прежде чем уехать отсюда, я должен расплатиться с долгами. Должен я около двух тысяч рублей. Денег у меня нет... Это, конечно, не важно; часть теперь заплачу как-нибудь, а часть вышлю потом из Петербурга. Главное, Надежда Федоровна... Прежде всего, надо выяснить наши отношения... Да».

Немного погодя, он соображал: не пойти ли лучше к Самойленко посоветоваться?

«Пойти можно, — думал он, — но какая польза от этого?

Опять буду говорить ему некстати о будуаре, о женщинах, о том, что честно или нечестно. Какие тут, чёрт подери, могут быть разговоры о честном или нечестном, если поскорее надо спасать жизнь мою, если я задыхаюсь в этой проклятой неволе и убиваю себя?.. Надо же, наконец, понять, что продолжать такую жизнь, как моя, — это подлость и жестокость, пред которой всё остальное мелко и ничтожно. Бежать! — бормотал он, садясь. — Бежать!»

Пустынный берег моря, неутолимый зной и однообразие дымчатых, лиловатых гор, вечно одинаковых и молчаливых, вечно одиноких, нагоняли на него тоску и, как казалось, усыпляли и обкрадывали его. Быть может, он очень умен, талантлив, замечательно честен; быть может, если бы со всех сторон его не замыкали море и горы, из него вышел бы превосходный земский деятель, государственный человек, оратор, публицист, подвижник. Кто знает! Если так, то не глупо ли толковать, честно это или нечестно, если даровитый и полезный человек, например музыкант или художник, чтобы бежать из плена, ломает стену и обманывает своих тюремщиков? В положении такого человека всё честно.

В два часа Лаевский и Надежда Федоровна сели обедать. Когда кухарка подала им рисовый суп с томатами, Лаевский сказал:

— Каждый день одно и то же. Отчего бы не сварить щей?

— Капусты нет.

— Странно. И у Самойленка варят щи с капустой, и у Марьи Константиновны щи, один только я почему-то обязан есть эту сладковатую бурду. Нельзя же так, голубка.

Как это бывает у громадного большинства супругов, раньше у Лаевского и у Надежды Федоровны ни один обед не обходился без капризов и сцен, но с тех пор, как Лаевский решил, что он уже не любит, он старался во всем уступать Надежде Федоровне, говорил с нею мягко и вежливо, улыбался, называл голубкой.

13

— Этот суп похож вкусом на лакрицу, — сказал он улыбаясь; он делал над собою усилия, чтобы казаться приветливым, но не удержался и сказал: — Никто у нас не смотрит за хозяйством... Если уж ты так больна или занята чтением, то, изволь, я займусь нашей кухней.

Раньше она ответила бы ему: «займись» или: «ты, я вижу, хочешь из меня кухарку сделать», но теперь только робко взглянула на него и покраснела.

— Ну, как ты чувствуешь себя сегодня? — спросил он ласково.

— Сегодня ничего. Так, только маленькая слабость.

— Надо беречься, голубка. Я ужасно боюсь за тебя.

Надежда Федоровна была чем-то больна. Самойленко говорил, что у нее перемежающаяся лихорадка, и кормил ее хиной; другой же доктор, Устимович, высокий, сухощавый, нелюдимый человек, который днем сидел дома, а по вечерам, заложив назад руки и вытянув вдоль спины трость, тихо разгуливал по набережной и кашлял, находил, что у нее женская болезнь, и прописывал согревающие компрессы. Прежде, когда Лаевский любил, болезнь Надежды Федоровны возбуждала в нем жалость и страх, теперь же и в болезни он видел ложь. Желтое, сонное лицо, вялый взгляд и зевота, которые бывали у Надежды Федоровны после лихорадочных припадков, и то, что она во время припадка лежала под пледом и была похожа больше на мальчика, чем на женщину, и что в ее комнате было душно и нехорошо пахло, — всё это, по его мнению, разрушало иллюзию и было протестом против любви и брака.

На второе блюдо ему подали шпинат с крутыми яйцами, а Надежде Федоровне, как больной, кисель с молоком. Когда она с озабоченным лицом сначала потрогала ложкой кисель и потом стала лениво есть его, запивая молоком, и он слышал ее глотки, им овладела такая тяжелая ненависть, что у него даже зачесалась голова. Он сознавал, что такое чувство было бы

14

оскорбительно даже в отношении собаки, но ему было досадно не на себя, а на Надежду Федоровну за то, что она возбуждала в нем это чувство, и он понимал, почему иногда любовники убивают своих любовниц. Сам бы он не убил, конечно, но, доведись ему теперь быть присяжным, он оправдал бы убийцу.

— Merci, голубка, — сказал он после обеда и поцеловал Надежду Федоровну в лоб.

Придя к себе в кабинет, он минут пять ходил из угла в угол, искоса поглядывая на сапоги, потом сел на диван и пробормотал:

— Бежать, бежать! Выяснить отношения и бежать!

Он лег на диван и опять вспомнил, что муж Надежды Федоровны, быть может, умер по его вине.

«Обвинять человека в том, что он полюбил или разлюбил, это глупо, — убеждал он себя, лежа и задирая ноги, чтобы надеть сапоги. — Любовь и ненависть не в нашей власти. Что же касается мужа, то я, быть может, косвенным образом был одною из причин его смерти, но опять-таки виноват ли я в том, что полюбил его жену, а жена — меня?»

Затем он встал и, отыскав свою фуражку, отправился к своему сослуживцу Шешковскому, у которого каждый день собирались чиновники играть в винт и пить холодное пиво.

«Своею нерешительностью я напоминаю Гамлета, — думал Лаевский дорогой. — Как верно Шекспир подметил! Ах, как верно!»

III

Чтобы скучно не было и снисходя к крайней нужде вновь приезжавших и несемейных, которым, за неимением гостиницы в городе, негде было обедать, доктор Самойленко держал у себя нечто вроде табльдота. В описываемое время у него столовались только двое: молодой зоолог фон Корен, приезжавший летом к Черному морю, чтобы изучать эмбриологию медуз, и дьякон Победов, недавно выпущенный из семинарии и командированный в городок для исполнения обязанностей дьякона-старика, уехавшего лечиться. Оба они платили за обед и за ужин по 12 рублей в месяц, и Самойленко взял с них честное слово, что они будут являться обедать аккуратно к двум часам.

Первым обыкновенно приходил фон Корен. Он молча садился в гостиной и, взявши со стола альбом, начинал внимательно рассматривать потускневшие фотографии каких-то неизвестных мужчин в широких панталонах и цилиндрах и дам в кринолинах и в чепцах; Самойленко только немногих помнил по фамилии, а про тех, кого забыл, говорил со вздохом: «Прекраснейший, величайшего ума человек!» Покончив с альбомом, фон Корен брал с этажерки пистолет и, прищурив левый глаз, долго прицеливался в портрет князя Воронцова или же становился перед зеркалом и рассматривал свое смуглое лицо, большой лоб и черные, курчавые, как у негра, волоса, и свою рубаху из тусклого ситца с крупными цветами, похожего на персидский ковер, и широкий кожаный пояс вместо жилетки. Самосозерцание доставляло ему едва ли не большее удовольствие, чем осмотр фотографий или пистолета в дорогой оправе. Он был очень доволен и своим лицом, и красиво подстриженной бородкой, и широкими плечами, которые служили очевидным доказательством его хорошего здоровья и крепкого сложения. Он был доволен и своим франтовским костюмом, начиная с галстука, подобранного под цвет рубахи, и кончая желтыми башмаками.

Пока он рассматривал альбом и стоял перед зеркалом, в это время в кухне и около нее в сенях Самойленко, без сюртука и без жилетки, с голой грудью, волнуясь и обливаясь потом, суетился около столов, приготовляя салат, или какой-нибудь соус, или мясо, огурцы и лук для окрошки, и при этом злобно таращил глаза на помогавшего ему денщика и замахивался на него то ножом, то ложкой.

— Подай уксус! — приказывал он. — То, бишь, не уксус, а прованское масло! — кричал он, топая ногами. — Куда же ты пошел, скотина?

— За маслом, ваше превосходительство, — говорил оторопевший денщик надтреснутым тенором.

— Скорее! Оно в шкапу! Да скажи Дарье, чтоб она в банку с огурцами укропу прибавила! Укропу! Накрой сметану, разэява, а то мухи налезут!

И от его крика, казалось, гудел весь дом. Когда до двух часов оставалось 10 или 15 минут, приходил дьякон, молодой человек, лет 22, худощавый, длинноволосый, без бороды и с едва заметными усами. Войдя в гостиную, он крестился на образ, улыбался и протягивал фон Корену руку.

— Здравствуйте, — холодно говорил зоолог. — Где вы были?

— На пристани бычков ловил.

— Ну, конечно... По-видимому, дьякон, вы никогда не будете заниматься делом.

— Отчего же? Дело не медведь, в лес не уйдет, — говорил дьякон, улыбаясь и засовывая руки в глубочайшие карманы своего белого подрясника.

— Бить вас некому! — вздыхал зоолог.

Проходило еще 15—20 минут, а обедать не звали и все еще слышно было, как денщик, бегая из сеней в кухню и обратно, стучал сапогами и как Самойленко кричал:

— Поставь на стол! Куда суешь? Помой сначала!

Проголодавшиеся дьякон и фон Корен начинали стучать о пол каблуками, выражая этим свое нетерпение, как зрители в театральном райке. Наконец, дверь отворялась и замученный денщик объявлял: кушать готово! В столовой встречал их багровый, распаренный в кухонной духоте и сердитый Самойленко; он злобно глядел на них и с выражением ужаса на лице поднимал крышку с супника и наливал обоим по тарелке, и только когда убеждался, что они едят с аппетитом и что кушанье им нравится, легко вздыхал и садился в свое глубокое кресло. Лицо его становилось томным, масленым... Он не спеша наливал себе рюмку водки и говорил:

— За здоровье молодого поколения!

После разговора с Лаевским Самойленко всё время от утра до обеда, несмотря на прекраснейшее настроение, чувствовал в глубине души некоторую тяжесть; ему было жаль Лаевского и хотелось помочь ему. Выпив перед супом рюмку водки, он вздохнул и сказал:

— Видел я сегодня Ваню Лаевского. Трудно живется человечку. Материальная сторона жизни неутешительна, а главное — психология одолела. Жаль парня.

— Вот уж кого мне не жаль! — сказал фон Корен. — Если бы этот милый мужчина тонул, то я бы еще палкой подтолкнул: тони, братец, тони...

— Неправда. Ты бы этого не сделал.

— Почему ты думаешь? — пожал плечами зоолог. — Я так же способен на доброе дело, как и ты.

— Разве утопить человека — доброе дело? — спросил дьякон и засмеялся.

— Лаевского? Да.

— В окрошке, кажется, чего-то недостает... — сказал Самойленко, желая переменить разговор.

— Лаевский безусловно вреден и так же опасен для общества, как холерная микроба, — продолжал фон Корен. — Утопить его — заслуга.

— Не делает тебе чести, что ты так выражаешься о своем ближнем. Скажи: за что ты его ненавидишь?

— Не говори, доктор, пустяков. Ненавидеть и презирать

микробу — глупо, а считать своим ближним, во что бы то ни стало, всякого встречного без различия — это, покорно благодарю, это значит не рассуждать, отказаться от справедливого отношения к людям, умыть руки, одним словом. Я считаю твоего Лаевского мерзавцем, не скрываю этого и отношусь к нему как к мерзавцу, с полною моею добросовестностью. Ну, а ты считаешь его своим ближним — и поцелуйся с ним; ближним считаешь, а это значит, что к нему ты относишься так же, как ко мне и дьякону, то есть никак. Ты одинаково равнодушен ко всем.

— Называть человека мерзавцем! — пробормотал Самойленко, брезгливо морщась. — Это до такой степени нехорошо, что и выразить тебе не могу!

— О людях судят по их поступкам, — продолжал фон Корен. — Теперь судите же, дьякон... Я, дьякон, буду с вами говорить. Деятельность господина Лаевского откровенно развернута перед вами, как длинная китайская грамота, и вы можете читать ее от начала до конца. Что он сделал за эти два года, пока живет здесь? Будем считать по пальцам. Во-первых, он научил жителей городка играть в винт; два года тому назад эта игра была здесь неизвестна, теперь же в винт играют от утра до поздней ночи все, даже женщины и подростки; во-вторых, он научил обывателей пить пиво, которое тоже здесь не было известно; ему же обыватели обязаны сведениями по части разных сортов водок, так что с завязанными глазами они могут теперь отличить водку Кошелева от Смирнова № 21. В-третьих, прежде здесь жили с чужими женами тайно, по тем же побуждениям, по каким воры воруют тайно, а не явно; прелюбодеяние считалось чем-то таким, что стыдились выставлять на общий показ; Лаевский же явился в этом отношении пионером: он живет с чужой женой открыто. В-четвертых...

Фон Корен быстро съел свою окрошку и отдал денщику тарелку.

— Я понял Лаевского в первый же месяц нашего знакомства, — продолжал он, обращаясь к дьякону. — Мы в одно время приехали сюда. Такие люди, как он, очень любят дружбу, сближение, солидарность и тому подобное, потому что им всегда нужна компания для винта, выпивки и закуски; к тому же, они болтливы, и им нужны слушатели. Мы подружились, то есть он шлялся ко мне каждый день, мешал мне работать и откровенничал насчет своей содержанки. На первых же порах он поразил меня своею необыкновенною лживостью, от которой меня просто тошнило. В качестве друга я журил его, зачем он много пьет, зачем живет не по средствам и делает долги, зачем ничего не делает и не читает, зачем он так мало культурен и мало знает — и в ответ на все мои вопросы он горько улыбался, вздыхал и говорил: «Я неудачник, лишний человек», или: «Что вы хотите, батенька, от нас, осколков крепостничества?», или: «Мы вырождаемся...» Или начинал нести длинную галиматью об Онегине, Печорине, байроновском Каине, Базарове, про которых говорил: «Это наши отцы по плоти и духу». Понимайте так, мол, что не он виноват в том, что казенные пакеты по неделям лежат не распечатанными и что сам он пьет и других спаивает, а виноваты в этом Онегин, Печорин и Тургенев, выдумавший неудачника и лишнего человека. Причина крайней распущенности и безобразия, видите ли, лежит не в нем самом, а где-то вне, в пространстве. И притом — ловкая штука! — распутен, лжив и гадок не он один, а мы... «мы люди восьмидесятых годов», «мы вялое, нервное отродье крепостного права», «нас искалечила цивилизация»... Одним словом, мы должны понять, что такой великий человек, как Лаевский, и в падении своем велик; что его распутство, необразованность и нечистоплотность составляют явление естественно-историческое, освященное необходимостью, что причины тут мировые, стихийные и что перед Лаевским надо лампаду повесить, так как он — роковая жертва времени, веяний, наследственности и прочее. Все чиновники и дамы, слушая его, охали и ахали, а я долго не мог понять, с кем я имею дело: с циником или с ловким мазуриком? Такие субъекты, как он, с виду интеллигентные, немножко воспитанные и говорящие много о собственном благородстве, умеют прикидываться необыкновенно сложными натурами.

— Замолчи! — вспыхнул Самойленко. — Я не позволю, чтобы в моем присутствии говорили дурно о благороднейшем человеке!

— Не перебивай, Александр Давидыч, — холодно сказал фон Корен. — Я сейчас кончу. Лаевский — довольно несложный организм. Вот его нравственный остов: утром туфли, купанье и кофе, потом до обеда туфли, моцион и разговоры, в два часа туфли, обед и вино, в пять часов купанье, чай и вино, затем винт и лганье, в десять часов ужин и вино, а после полуночи сон и la femme 1. Существование его заключено в эту тесную программу, как яйцо в скорлупу. Идет ли он, сидит ли, сердится, пишет, радуется — все сводится к вину, картам, туфлям и женщине. Женщина играет в его жизни роковую, подавляющую роль. Он сам повествует, что 13 лет он уже был влюблен; будучи студентом первого курса, он жил с дамой, которая имела на него благотворное влияние и которой он обязан своим музыкальным образованием. Во втором курсе он выкупил из публичного дома проститутку и возвысил ее до себя, то есть взял в содержанки, а она пожила с ним полгода и убежала назад к хозяйке, и это бегство причинило ему немало душевных страданий. Увы, он так страдал, что должен был оставить университет и два года жить дома без дела. Но это к лучшему. Дома он сошелся с одной вдовой, которая посоветовала ему оставить юридический факультет и поступить на филологический. Он так и сделал. Кончив курс, он страстно полюбил теперешнюю свою... как ее?.. замужнюю, и должен был бежать с нею сюда на Кавказ, за идеалами якобы... Не сегодня-завтра он разлюбит ее и убежит назад в Петербург, и тоже за идеалами.

— А ты почем знаешь? — проворчал Самойленко, со злобой глядя на зоолога. — Ешь-ка лучше.

Подали отварных кефалей с польским соусом. Самойленко положил обоим нахлебникам по целой кефали, и собственноручно полил соусом. Минуты две прошли и молчании.

— Женщина играет существенную роль в жизни каждого человека, — сказал дьякон. — Ничего не поделаешь.

— Да, но в какой степени? У каждого из нас женщина есть мать, сестра, жена, друг, у Лаевского же она — всё, и притом только любовница. Она, то есть сожительство с ней — счастье и цель его жизни; он весел, грустен, скучен, разочарован — от женщины; жизнь опостылела — женщина виновата; загорелась заря новой жизни, нашлись идеалы — и тут ищи женщину... Удовлетворяют его только те сочинения или картины, где есть женщина. Наш век, по его мнению, плох и хуже сороковых и шестидесятых годов только потому, что мы не умеем до самозабвения отдаваться любовному экстазу и страсти. У этих сладострастников, должно быть, в мозгу есть особый нарост вроде саркомы, который сдавил мозг и управляет всею психикой. Понаблюдайте-ка Лаевского, когда он сидит где-нибудь в обществе. Вы заметьте: когда при нем поднимаешь какой-нибудь общий вопрос, например о клеточке или инстинкте, он сидит в стороне, молчит и не слушает; вид у него томный, разочарованный, ничто для него не интересно, всё пошло и ничтожно, но как только вы заговорили о самках и самцах, о том, например, что у пауков самка после оплодотворения съедает самца, — глаза у него загораются любопытством, лицо проясняется и человек оживает, одним словом. Все его мысли, как бы благородны, возвышенны или безразличны они ни были, имеют всегда одну и ту же точку общего схода.

Идешь с ним по улице и встречаешь, например, осла... — «Скажите, пожалуйста, — спрашивает, — что произойдет, если случить ослицу с верблюдом?» А сны! Он рассказывал вам свои сны? Это великолепно! То ему снится, что его женят на луне, то будто зовут его в полицию и приказывают ему там, чтобы он жил с гитарой...

Дьякон звонко захохотал; Самойленко нахмурился и сердито сморщил лицо, чтобы не засмеяться, но не удержался и захохотал.

— И всё врет! — сказал он, вытирая слезы. — Ей-богу, врет!

IV

Дьякон был очень смешлив и смеялся от каждого пустяка до колотья в боку, до упада. Казалось, что он любил бывать среди людей только потому, что у них есть смешные стороны и что им можно давать смешные прозвища. Самойленка он прозвал тарантулом, его денщика селезнем и был в восторге, когда однажды фон Корен обозвал Лаевского и Надежду Федоровну макаками. Он жадно всматривался в лица, слушал не мигая, и видно было, как глаза его наполнялись смехом и как напрягалось лицо в ожидании, когда можно будет дать себе волю и покатиться со смеху.

— Это развращенный и извращенный субъект, — продолжал зоолог, а дьякон, в ожидании смешных слов, впился ему в лицо. — Редко где можно встретить такое ничтожество. Телом он вял, хил и стар, а интеллектом ничем не отличается от толстой купчихи, которая только жрет, пьет, спит на перине и держит в любовниках своего кучера.

Дьякон опять захохотал.

— Не смейтесь, дьякон, — сказал фон Корен, — это

глупо, наконец. Я бы не обратил внимания на его ничтожество, — продолжал он, выждав, когда дьякон перестал хохотать, — я бы прошел мимо него, если бы он не был так вреден и опасен. Вредоносность его заключается прежде всего в том, что он имеет успех у женщин и таким образом угрожает иметь потомство, то есть подарить миру дюжину Лаевских, таких же хилых и извращенных, как он сам. Во-вторых, он заразителен в высшей степени. Я уже говорил вам о винте и пиве. Еще год-два — и он завоюет все кавказское побережье. Вы знаете, до какой степени масса, особенно ее средний слой, верит в интеллигентность, в университетскую образованность, в благородство манер и литературность языка. Какую бы он ни сделал мерзость, все верят, что это хорошо, что это так и быть должно, так как он интеллигентный, либеральный и университетский человек. К тому же, он неудачник, лишний человек, неврастеник, жертва времени, а это значит, что сму всё можно. Он милый малый, душа-человек, он так сердечно снисходит к человеческим слабостям; он сговорчив, податлив, покладист, не горд, с ним и выпить можно, и посквернословить, и посудачить... Масса, всегда склонная к антропоморфизму в религии и морали, больше всего любит тех божков, которые имеют такие же слабости, как она сама. Судите же, какое у него широкое поле для заразы! К тому же, он недурной актер и ловкий лицемер, и отлично знает, где раки зимуют. Возьмите-ка его увертки и фокусы, например, хотя бы его отношение к цивилизации. Он и не нюхал цивилизации, а между тем: «Ах, как мы искалечены цивилизацией! Ах, как я завидую этим дикарям, этим детям природы, которые не знают цивилизации!» Надо понимать, видите ли, что он когда-то, во времена оны, всей душой был предан цивилизации, служил ей, постиг ее насквозь, но она утомила, разочаровала, обманула его; он, видите ли, Фауст, второй Толстой... А Шопенгауэра и Спенсера он третирует, как мальчишек, и отечески хлопает их по плечу: ну, что, брат Спенсер? Он Спенсера, конечно, не читал, но как бывает мил, когда с легкой, небрежной иронией говорит про свою барыню: «Она читала Спенсера!» И его слушают, и никто не хочет понять, что этот шарлатан не имеет права не только выражаться о Спенсере в таком тоне, но даже целовать подошву Спенсера! Рыться под цивилизацию, под авторитеты, под чужой алтарь, брызгать грязью, шутовски подмигивать на них только для того, чтобы оправдать и скрыть свою хилость и нравственную убогость, может только очень самолюбивое, низкое и гнусное животное.

— Я не знаю, Коля, чего ты добиваешься от него, — сказал Самойленко, глядя на зоолога уже не со злобой, а виновато. — Он такой же человек, как и все. Конечно, не без слабостей, но он стоит на уровне современных идей, служит, приносит пользу отечеству. Десять лет назад здесь служил агентом старичок, величайшего ума человек... Так вот он говаривал...

— Полно, полно! — перебил зоолог. — Ты говоришь: он служит. Но как служит? Разве оттого, что он явился сюда, порядки стали лучше, а чиновники исправнее, честнее и вежливее? Напротив, своим авторитетом интеллигентного университетского человека он только санкционировал их распущенность. Бывает он исправен только двадцатого числа, когда получает жалованье, в остальные же числа он только шаркает у себя дома туфлями и старается придать себе такое выражение, как будто делает русскому правительству большое одолжение тем, что живет на Кавказе. Нет, Александр Давидыч, не вступайся за него. Ты не искренен от начала до конца. Если бы ты в самом деле любил его и считал своим ближним, то прежде всего ты не был бы равнодушен к его слабостям, не снисходил бы к ним, а для его же пользы постарался бы обезвредить его.

— То есть?

— Обезвредить. Так как он неисправим, то обезвредить его можно только одним способом...

Фон Корен провел пальцем около своей шеи.

— Или утопить, что ли... — добавил он. — В интересах человечества и в своих собственных интересах такие люди должны быть уничтожаемы. Непременно.

— Что ты говоришь?! — пробормотал Самойленко, поднимаясь и с удивлением глядя на спокойное, холодное лицо зоолога. — Дьякон, что он говорит? Да ты в своем уме?

— Я не настаиваю на смертной казни, — сказал фон Корен. — Если доказано, что она вредна, то придумайте что-нибудь другое. Уничтожить Лаевского нельзя, ну так изолируйте его, обезличьте, отдайте в общественные работы...

— Что ты говоришь? — ужаснулся Самойленко. — С перцем, с перцем! — закричал он отчаянным голосом, заметив, что дьякон ест фаршированные кабачки без перца. — Ты, величайшего ума человек, что ты говоришь?! Нашего друга, гордого, интеллигентного человека, отдавать в общественные работы!!

— А если горд, станет противиться — в кандалы!

Самойленко не мог уж выговорить ни одного слова и только шевелил пальцами: дьякон взглянул на его ошеломленное, в самом деле смешное лицо и захохотал.

— Перестанем говорить об этом, — сказал зоолог. — Помни только одно, Александр Давидыч, что первобытное человечество было охраняемо от таких, как Лаевский, борьбой за существование и подбором; теперь же наша культура значительно ослабила борьбу и подбор, и мы должны сами позаботиться об уничтожении хилых и негодных, иначе, когда Лаевские размножатся, цивилизация погибнет, и человечество выродится совершенно. Мы будем виноваты.

— Если людей топить и вешать, — сказал Самойленко, — то к чёрту твою цивилизацию, к чёрту человечество! К чёрту!

Вот что я тебе скажу: ты ученейший, величайшего ума человек и гордость отечества, но тебя немцы испортили. Да, немцы! Немцы!

Самойленко с тех пор, как уехал из Дерпта, в котором учился медицине, редко видел немцев и не прочел ни одной немецкой книги, но, по его мнению, всё зло в политике и науке происходило от немцев. Откуда у него взялось такое мнение, он и сам не мог сказать, но держался его крепко.

— Да, немцы! — повторил он еще раз. — Пойдемте чай пить.

Все трое встали и, надевши шляпы, пошли в палисадник и сели там под тенью бледных кленов, груш и каштана. Зоолог и дьякон сели на скамью около столика, а Самойленко опустился в плетеное кресло с широкой, покатой спинкой. Денщик подал чай, варенье и бутылку с сиропом.

Было очень жарко, градусов тридцать в тени. Знойный воздух застыл, был неподвижен, и длинная паутина, свесившаяся с каштана до земли, слабо повисла и не шевелилась.

Дьякон взял гитару, которая постоянно лежала на земле около стола, настроил ее и запел тихо, тонким голоском: «Отроцы семинарстии у кабака стояху...», но тотчас же замолк от жары, вытер со лба пот и взглянул вверх на синее горячее небо. Самойленко задремал; от зноя, тишины и сладкой, послеобеденной дремоты, которая быстро овладела всеми его членами, он ослабел и опьянел; руки его отвисли, глаза стали маленькими, голову потянуло на грудь. Он со слезливым умилением поглядел на фон Корена и дьякона и забормотал:

— Молодое поколение... Звезда науки и светильник церкви... Гляди, длиннополая аллилуйя в митрополиты выскочит, чего доброго, придется ручку целовать... Что ж... дай бог...

Скоро послышалось храпенье. Фон Корен и дьякон допили чай и вышли на улицу.

— Вы опять на пристань бычков ловить? — спросил зоолог.

— Нет, жарковато.

— Пойдемте ко мне. Вы упакуете у меня посылку и кое-что перепишете. Кстати потолкуем, чем бы вам заняться. Надо работать, дьякон. Так нельзя.

— Ваши слова справедливы и логичны, — сказал дьякон, — но леность моя находит себе извинение в обстоятельствах моей настоящей жизни. Сами знаете, неопределенность положения значительно способствует апатичному состоянию людей. На время ли меня сюда прислали или навсегда, богу одному известно; я здесь живу в неизвестности, а дьяконица моя прозябает у отца и скучает. И, признаться, от жары мозги раскисли.

— Всё вздор, — сказал зоолог. — И к жаре можно привыкнуть, и без дьяконицы можно привыкнуть. Не следует баловаться. Надо себя в руках держать.

V

Надежда Федоровна шла утром купаться, а за нею с кувшином, медным тазом, с простынями и губкой шла ее кухарка Ольга. На рейде стояли два каких-то незнакомых парохода с грязными белыми трубами, очевидно, иностранные грузовые. Какие-то мужчины в белом, в белых башмаках ходили по пристани и громко кричали по-французски, и им откликались с этих пароходов. В маленькой городской церкви бойко звонили в колокола.

«Сегодня воскресенье!» — с удовольствием вспомнила Надежда Федоровна.

Она чувствовала себя совершенно здоровой и была в веселом, праздничном настроении. В новом просторном платье из грубой мужской чечунчи и в большой соломенной шляпе, широкие поля которой сильно были загнуты к ушам, так что лицо ее глядело как будто из коробочки, она казалась себе очень миленькой. Она думала о том, что во всем городе есть только одна молодая, красивая, интеллигентная женщина — это она, и что только она одна умеет одеться дешево, изящно и со вкусом. Например, это платье стоит только 22 рубля, а между тем как мило! Во всем городе только она одна может нравиться, а мужчин много, и потому все они волей-неволей должны завидовать Лаевскому.

Она радовалась, что Лаевский в последнее время был с нею холоден, сдержанно-вежлив и временами даже дерзок и груб; на все его выходки и презрительные, холодные или странные, непонятные взгляды она прежде отвечала бы слезами, попреками и угрозами уехать от него или уморить себя голодом, теперь же в ответ она только краснела, виновато поглядывала на него и радовалась, что он не ласкается к ней. Если бы он бранил ее или угрожал, то было бы еще лучше и приятнее, так как она чувствовала себя кругом виноватою перед ним. Ей казалось, что она виновата в том, во-первых, что не сочувствовала его мечтам о трудовой жизни, ради которой он бросил Петербург и приехал сюда на Кавказ, и была она уверена, что сердился он на нее в последнее время именно за это. Когда она ехала на Кавказ, ей казалось, что она в первый же день найдет здесь укромный уголок на берегу, уютный садик с тенью, птицами и ручьями, где можно будет садить цветы и овощи, разводить уток и кур, принимать соседей, лечить бедных мужиков и раздавать им книжки; оказалось же, что Кавказ — это лысые горы, леса и громадные долины, где надо долго выбирать, хлопотать, строиться, и что никаких тут соседей нет, и очень жарко, и могут ограбить. Лаевский не торопился приобретать участок; она была рада этому, и оба они точно условились мысленно никогда не упоминать о трудовой жизни. Он молчал, думала она, значит, сердился на нее за то, что она молчит.

Во-вторых, она без его ведома за эти два года набрала в магазине Ачмианова разных пустяков рублей на триста. Брала она понемножку то материи, то шелку, то зонтик, и незаметно скопился такой долг.

— Сегодня же скажу ему об этом... — решила она, но тотчас же сообразила, что при теперешнем настроении Лаевского едва ли удобно говорить ему о долгах.

В-третьих, она уже два раза, в отсутствие Лаевского, принимала у себя Кирилина, полицейского пристава: раз утром, когда Лаевский уходил купаться, и в другой раз в полночь, когда он играл в карты. Вспомнив об этом, Надежда Федоровна вся вспыхнула и оглянулась на кухарку, как бы боясь, чтобы та не подслушала ее мыслей. Длинные, нестерпимо жаркие, скучные дни, прекрасные томительные вечера, душные ночи, и вся эта жизнь, когда от утра до вечера не знаешь, на что употребить ненужное время, и навязчивые мысли о том, что она самая красивая и молодая женщина в городе и что молодость ее проходит даром, и сам Лаевский, честный, идейный, но однообразный, вечно шаркающий туфлями, грызущий ногти и наскучающий своими капризами, — сделали то, что ею мало-помалу овладели желания, и она, как сумасшедшая, день и ночь думала об одном и том же. В своем дыхании, во взглядах, в тоне голоса и в походке она чувствовала только желание; шум моря говорил ей, что надо любить, вечерняя темнота — то же, горы — то же... И когда Кирилин стал ухаживать за нею, она была не в силах и не хотела, не могла противиться, и отдалась ему...

Теперь иностранные пароходы и люди в белом напомнили ей почему-то огромную залу; вместе с французским говором зазвенели у нее в ушах звуки вальса, и грудь ее задрожала от беспричинной радости. Ей захотелось танцевать и говорить по-французски.

Она с радостью соображала, что в ее измене нет ничего страшного. В ее измене душа не участвовала; она продолжает

30

любить Лаевского, и это видно из того, что она ревнует его, жалеет и скучает, когда он не бывает дома. Кирилин же оказался так себе, грубоватым, хотя и красивым, с ним всё уже порвано и больше ничего не будет. Что было, то прошло, никому до этого нет дела, а если Лаевский узнает, то не поверит.

На берегу была только одна купальня для дам, мужчины же купались под открытым небом. Войдя в купальню, Надежда Федоровна застала там пожилую даму Марью Константиновну Битюгову, жену чиновника, и ее 15-летнюю дочь Катю, гимназистку; обе они сидели на лавочке и раздевались. Марья Константиновна была добрая, восторженная и деликатная особа, говорившая протяжно и с пафосом. До 32 лет она жила в гувернантках, потом вышла за чиновника Битюгова, маленького, лысого человека, зачесывавшего волосы на виски и очень смирного. До сих пор она была влюблена в него, ревновала, краснела при слове «любовь» и уверяла всех, что она очень счастлива.

— Дорогая моя! — сказала она восторженно, увидев Надежду Федоровну и придавая своему лицу выражение, которое все ее знакомые называли миндальным. — Милая, как приятно, что вы пришли! Мы будем купаться вместе — это очаровательно!

Ольга быстро сбросила с себя платье и сорочку и стала раздевать свою барыню.

— Сегодня погода не такая жаркая, как вчера, — не правда ли? — сказала Надежда Федоровна, пожимаясь от грубых прикосновений голой кухарки. — Вчера я едва не умерла от духоты.

— О, да, моя милая! Я сама едва не задохнулась. Верите ли, я вчера купалась три раза... представьте, милая, три раза! Даже Никодим Александрыч беспокоился.

«Ну можно ли быть такими некрасивыми?» — подумала Надежда Федоровна, поглядев на Ольгу и на чиновницу; она взглянула на Катю и подумала: «Девочка недурно сложена».

— Ваш Никодим Александрыч очень, очень мил! — сказала она. — Я в него просто влюблена.

— Ха-ха-ха! — принужденно засмеялась Марья Константиновна. — Это очаровательно!

Освободившись от одёжи, Надежда Федоровна почувствовала желание лететь. И ей казалось, что если бы она взмахнула руками, то непременно бы улетела вверх. Раздевшись, она заметила, что Ольга брезгливо смотрит на ее белое тело. Ольга, молодая солдатка, жила с законным мужем и потому считала себя лучше и выше ее. Надежда Федоровна чувствовала также, что Марья Константиновна и Катя не уважают и боятся ее. Это было неприятно и, чтобы поднять себя в их мнении, она сказала:

— У нас в Петербурге дачная жизнь теперь в разгаре. У меня и у мужа столько знакомых! Надо бы съездить повидаться.

— Ваш муж, кажется, инженер? — робко спросила Марья Константиновна.

— Я говорю о Лаевском. У него очень много знакомых. Но, к сожалению, его мать, гордая аристократка, недалекая...

Надежда Федоровна не договорила и бросилась в воду; за нею полезли Марья Константиновна и Катя.

— У нас в свете очень много предрассудков, — продолжала Надежда Федоровна, — и живется не так легко, как кажется.

Марья Константиновна, служившая гувернанткою в аристократических семействах и знавшая толк в свете, сказала:

— О да! Верите ли, милая, у Гаратынских и к завтраку и к обеду требовался непременно туалет, так что я, точно актриса, кроме жалованья, получала еще и на гардероб.

Она стала между Надеждой Федоровной и Катей, как бы загораживая свою дочь от той воды, которая омывала

Надежду Федоровну. В открытую дверь, выходившую наружу в море, было видно, как кто-то плыл в ста шагах от купальни.

— Мама, это наш Костя! — сказала Катя.

— Ах, ах! — закудахтала Марья Константиновна в испуге. — Ах! Костя, — закричала она, — вернись! Костя, вернись!

Костя, мальчик лет 14, чтобы похвастать своею храбростью перед матерью и сестрой, нырнул и поплыл дальше, но утомился и поспешил назад, и по его серьезному, напряженному лицу видно было, что он не верил в свои силы.

— Беда с этими мальчиками, милая! — сказала Марья Константиновна, успокаиваясь. — Того и гляди, свернет себе шею. Ах, милая, как приятно и в то же время как тяжело быть матерью! Всего боишься.

Надежда Федоровна надела свою соломенную шляпу и бросилась наружу в море. Она отплыла сажени на четыре и легла на спицу. Ей были видны море до горизонта, пароходы, люди на берегу, город, и всё это вместе со зноем и прозрачными нежными волнами раздражало ее и шептало ей, что надо жить, жить... Мимо нее быстро, энергически разрезывая волны и воздух, пронеслась парусная лодка; мужчина, сидевший у руля, глядел на нее, и ей приятно было, что на нее глядят...

Выкупавшись, дамы оделись и пошли вместе.

— У меня через день бывает лихорадка, а между тем я не худею, — говорила Надежда Федоровна, облизывая свои соленые от купанья губы и отвечая улыбкой на поклоны знакомых. — Я всегда была полной и теперь, кажется, еще больше пополнела.

Это, милая, от расположения. Если кто не расположен к полноте, как я, например, то никакая пища не поможет. Однако, милая, вы измочили свою шляпу.

— Ничего, высохнет.

Надежда Федоровна опять увидела людей в белом,

которые ходили по набережной и разговаривали по-французски; и почему-то опять в груди у нее заволновалась радость и смутно припомнилась ей какая-то большая зала, в которой она когда-то танцевала или которая, быть может, когда-то снилась ей. И что-то в самой глубине души смутно и глухо шептало ей, что она мелкая, пошлая, дрянная, ничтожная женщина...

Марья Константиновна остановилась около своих ворот и пригласила ее зайти посидеть.

— Зайдите, моя дорогая! — сказала она умоляющим голосом и в то же время поглядела на Надежду Федоровну с тоской и с надеждой: авось откажется и не зайдет!

— С удовольствием, — согласилась Надежда Федоровна. — Вы знаете, как я люблю бывать у вас!

И она вошла в дом. Марья Константиновна усадила ее, дала кофе, накормила сдобными булками, потом показала ей фотографии своих бывших воспитанниц — барышень Гаратынских, которые уже повыходили замуж, показала также экзаменационные отметки Кати и Кости; отметки были очень хорошие, но чтобы они показались еще лучше, она со вздохом пожаловалась на то, как трудно теперь учиться в гимназии... Она ухаживала за гостьей и, в то же время, жалела ее и страдала от мысли, что Надежда Федоровна своим присутствием может дурно повлиять на нравственность Кости и Кати, и радовалась, что ее Никодима Александрыча не было дома. Так как, по ее мнению, все мужчины любят «таких», то Надежда Федоровна могла дурно повлиять и на Никодима Александрыча.

Разговаривая с гостьей, Марья Константиновна всё время помнила, что сегодня вечером будет пикник и что фон Корен убедительно просил не говорить об этом макакам, то есть Лаевскому и Надежде Федоровне, но она нечаянно проговорилась, вся вспыхнула и сказала в смущении:

— Надеюсь, и вы будете!

VI

Условились ехать за семь верст от города по дороге к югу, остановиться около духана, при слиянии двух речек — Черной и Желтой, и варить там уху. Выехали в начале шестого часа. Впереди всех, в шарабане, ехали Самойленко и Лаевский, за ними в коляске, заложенной в тройку, Марья Константиновна, Надежда Федоровна, Катя и Костя; при них была корзина с провизией и посуда. В следующем экипаже ехали пристав Кирилин и молодой Ачмианов, сын того самого купца Ачмианова, которому Надежда Федоровна была должна триста рублей, и против них на скамеечке, скорчившись и поджав ноги, сидел Никодим Александрыч, маленький, аккуратненький, с зачесанными височками. Позади всех ехали фон Корен и дьякон; у дьякона в ногах стояла корзина с рыбой.

— Пррава! — кричал во все горло Самойленко, когда попадалась навстречу арба или абхазец верхом на осле.

— Через два года, когда у меня будут готовы средства и люди, я отправлюсь в экспедицию, — рассказывал фон Корен дьякону. — Я пройду берегом от Владивостока до Берингова пролива и потом от пролива до устья Енисея. Мы начертим карту, изучим фауну и флору и обстоятельно займемся геологией, антропологическими и этнографическими исследованиями. От вас зависит поехать со мною или нет.

— Это невозможно, — сказал дьякон.

— Почему?

— Я человек зависимый, семейный.

— Дьяконица вас отпустит. Мы ее обеспечим. Еще лучше, если бы вы убедили ее, для общей пользы, постричься в монахини; это дало бы вам возможность самому постричься и поехать в экспедицию иеромонахом. Я могу вам устроить это.

Дьякон молчал.

— Вы свою богословскую часть хорошо знаете? — спросил зоолог.

— Плоховато.

— Гм... Я вам не могу сделать никаких указаний на этот счет, потому что я сам мало знаком с богословием. Вы дайте мне списочек книг, какие вам нужны, и я вышлю вам зимою из Петербурга. Вам также нужно будет прочесть записки духовных путешественников; между ними попадаются хорошие этнологи и знатоки восточных языков. Когда вы ознакомитесь с их манерой, вам легче будет приступить к делу. Ну, а пока книг нет, не теряйте времени попусту, ходите ко мне, и мы займемся компасом, пройдем метеорологию. Всё это необходимо.

— Так-то так... — пробормотал дьякон и засмеялся. — Я просил себе места в средней России, и мой дядя-протоиерей обещал мне поспособствовать. Если я поеду с вами, то выйдет, что я их даром беспокоил.

— Не понимаю я ваших колебаний. Продолжая быть обыкновенным дьяконом, который обязан служить только по праздникам, а в остальные дни — почивать от дел, вы и через десять лет останетесь всё таким же, какой вы теперь, и прибавятся у вас разве только усы и бородка, тогда как, вернувшись из экспедиции, через эти же десять лет вы будете другим человеком, вы обогатитесь сознанием, что вами кое-что сделано.

Из дамского экипажа послышались крики ужаса и восторга. Экипажи ехали по дороге, прорытой в совершенно отвесном скалистом берегу, и всем казалось, что они скачут по полке, приделанной к высокой стене, и что сейчас экипажи свалятся в пропасть. Направо расстилалось море, налево — была неровная коричневая стена с черными пятнами, красными жилами и ползучими корневищами, а сверху, нагнувшись, точно со страхом и любопытством, смотрели вниз кудрявые хвои. Через минуту опять визг и смех: пришлось ехать под громадным нависшим камнем.

— Не понимаю, за каким таким чертом я еду с вами, —

сказал Лаевский. — Как глупо и пошло! Мне надо ехать на север, бежать, спасаться, а я почему-то еду на этот дурацкий пикник.

— А ты посмотри, какая панорама! — сказал ему Самойленко, когда лошади повернули влево и открылась долина Желтой речки, и блеснула сама речка — желтая, мутная, сумасшедшая...

— Ничего я, Саша, не вижу в этом хорошего, — ответил Лаевский. — Восторгаться постоянно природой — это значит показывать скудость своего воображения. В сравнении с тем, что мне может дать мое воображение, все эти ручейки и скалы — дрянь и больше ничего.

Коляски ехали уже по берегу речки. Высокие гористые берега мало-помалу сходились, долина суживалась и представлялась впереди ущельем; каменистая гора, около которой ехали, была сколочена природою из громадных камней, давивших друг друга с такой страшной силой, что при взгляде на них Самойленко всякий раз невольно кряхтел. Мрачная и красивая гора местами прорезывалась узкими трещинами и ущельями, из которых веяло на ехавших влагой и таинственностью; сквозь ущелья видны были другие горы, бурые, розовые, лиловые, дымчатые или залитые ярким светом. Слышалось изредка, когда проезжали мимо ущелий, как где-то с высоты падала вода и шлепала по камням.

— Ах, проклятые горы, — вздыхал Лаевский, — как они мне надоели!

В том месте, где Черная речка впадала в Желтую и черная вода, похожая на чернила, пачкала желтую и боролась с ней, в стороне от дороги стоял духан татарина Кербалая с русским флагом на крыше и с вывеской, написанной мелом: «Приятный духан»; около него был небольшой садик, обнесенный плетнем, где стояли столы и скамьи, и среди жалкого колючего кустарника возвышался один-единственный кипарис, красивый и темный.

Кербалай, маленький, юркий татарин, в синей рубахе и белом фартуке, стоял на дороге и, взявшись за живот, низко кланялся навстречу экипажам и, улыбаясь, показывал свои белые блестящие зубы.

— Здорово, Кербалайка! — крикнул ему Самойленко. — Мы отъедем немножко дальше, а ты тащи туда самовар и стулья! Живо!

Кербалай кивал своей стриженой головой и что-то бормотал, и только сидевшие в заднем экипаже могли расслышать: «есть форели, ваше превосходительство».

— Тащи, тащи! — сказал ему фон Корен.

Отъехав шагов пятьсот от духана, экипажи остановились. Самойленко выбрал небольшой лужок, на котором были разбросаны камни, удобные для сиденья, и лежало дерево, поваленное бурей, с вывороченным мохнатым корнем и с высохшими желтыми иглами. Тут через речку был перекинут жидкий бревенчатый мост, и на другом берегу, как раз напротив, на четырех невысоких сваях стоял сарайчик, сушильня для кукурузы, напоминавшая сказочную избушку на курьих ножках; от ее двери вниз спускалась лесенка.

Первое впечатление у всех было такое, как будто они никогда не выберутся отсюда. Со всех сторон, куда ни посмотришь, громоздились и надвигались горы, и быстро, быстро со стороны духана и темного кипариса набегала вечерняя тень, и от этого узкая, кривая долина Черной речки становилась уже, а горы выше. Слышно было, как ворчала река и без умолку кричали цикады.

— Очаровательно! — сказала Марья Константиновна, делая глубокие вдыхания от восторга. — Дети, посмотрите, как хорошо! Какая тишина!

— Да, в самом деле хорошо, — согласился Лаевский, которому понравился вид и почему-то, когда он посмотрел на небо и потом на синий дымок, выходивший из трубы духана, вдруг стало грустно. — Да, хорошо! — повторил он.

— Иван Андреич, опишите этот вид! — сказала слезливо Марья Константиновна.

— Зачем? — спросил Лаевский. — Впечатление лучше всякого описания. Это богатство красок и звуков, какое всякий получает от природы путем впечатлений, писатели выбалтывают в безобразном, неузнаваемом виде.

— Будто бы? — холодно спросил фон Корен, выбрав себе самый большой камень около воды и стараясь взобраться на него и сесть. — Будто бы? — повторил он, глядя в упор на Лаевского. — А Ромео и Джульета? А, например, Украинская ночь Пушкина? Природа должна прийти и в ножки поклониться.

— Пожалуй... — согласился Лаевский, которому было лень соображать и противоречить. — Впрочем, — сказал он немного погодя, — что такое Ромео и Джульета, в сущности? Красивая, поэтическая святая любовь — это розы, под которыми хотят спрятать гниль. Ромео — такое же животное, как и все.

— О чем с вами ни заговоришь, вы всё сводите к...

Фон Корен оглянулся на Катю и не договорил.

— К чему я свожу? — спросил Лаевский.

— Вам говоришь, например: «как красива кисть винограда!», а вы: «да, но как она безобразна, когда ее жуют и переваривают в желудках». К чему это говорить? Не ново и... вообще странная манера.

Лаевский знал, что его не любит фон Корен, и потому боялся его и в его присутствии чувствовал себя так, как будто всем было тесно и за спиной стоял кто-то. Он ничего не ответил, отошел в сторону и пожалел, что поехал.

— Господа, марш за хворостом для костра! — скомандовал Самойленко.

Все разбрелись, куда попало, и на месте остались только Кирилин, Ачмианов и Никодим Александрыч. Кербалай принес стулья, разостлал на земле ковер и поставил несколько бутылок вина. Пристав Кирилин, высокий, видный мужчина, во всякую погоду носивший сверх кителя шинель, своею горделивою осанкою, важной походкой и густым, несколько хриплым голосом, напоминал провинциальных полицеймейстеров из молодых. Выражение у него было грустное и сонное, как будто его только что разбудили против его желания.

— Ты что же это, скотина, принес? — спросил он у Кербалая, медленно выговаривая каждое слово. — Я приказывал тебе подать кварели, а ты что принес, татарская морда? А? Кого?

— У нас много своего вина, Егор Алексеич, — робко и вежливо заметил Никодим Александрыч.

— Что-с? Но я желаю, чтобы и мое вино было. Я участвую в пикнике и, полагаю, имею полное право внести свою долю. По-ла-гаю! Принеси десять бутылок кварели!

— Для чего так много? — удивился Никодим Александрыч, знавший, что у Кирилина не было денег.

— Двадцать бутылок! Тридцать! — крикнул Кирилин.

— Ничего, пусть, — шепнул Ачмианов Никодиму Александрычу, — я заплачу.

Надежда Федоровна была в веселом, шаловливом настроении. Ей хотелось прыгать, хохотать, кричать, дразнить, кокетничать. В своем дешевом платье из ситчика с голубыми глазками, в красных туфельках и в той же самой соломенной шляпе она казалась себе маленькой, простенькой, легкой и воздушной, как бабочка. Она пробежала по жидкому мостику и минуту глядела в воду, чтобы закружилась голова, потом вскрикнула и со смехом побежала на ту сторону к сушильне, и ей казалось, что все мужчины и даже Кербалай любовались ею. Когда в быстро наступавших потемках деревья сливались с горами, лошади с экипажами и в окнах духана блеснул огонек, она по тропинке, которая вилась между камнями и колючими кустами, взобралась на гору и

40

села на камень. Внизу уже горел костер. Около огня с засученными рукавами двигался дьякон, и его длинная черная тень радиусом ходила вокруг костра; он подкладывал хворост и ложкой, привязанной к длинной палке, мешал в котле. Самойленко, с медно-красным лицом, хлопотал около огня, как у себя в кухне, и кричал свирепо:

— Где же соль, господа? Небось, забыли? Что же это все расселись, как помещики, а я один хлопочи?

На поваленном дереве рядышком сидели Лаевский и Никодим Александрыч и задумчиво смотрели на огонь. Марья Константиновна, Катя и Костя вынимали из корзин чайную посуду и тарелки. Фон Корен, скрестив руки и поставив одну ногу на камень, стоял на берегу около самой воды и о чем-то думал. Красные пятна от костра, вместе с тенями, ходили по земле около темных человеческих фигур, дрожали на горе, на деревьях, на мосту, на сушильне; на другой стороне обрывистый, изрытый бережок весь был освещен, мигал и отражался в речке, и быстро бегущая бурливая вода рвала на части его отражение.

Дьякон пошел за рыбой, которую на берегу чистил и мыл Кербалай, но на полдороге остановился и посмотрел вокруг.

«Боже мой, как хорошо! — подумал он. — Люди, камни, огонь, сумерки, уродливое дерево — ничего больше, но как хорошо!»

На том берегу около сушильни появились какие-то незнакомые люди. Оттого, что свет мелькал и дым от костра несло на ту сторону, нельзя было рассмотреть всех этих людей сразу, а видны были по частям то мохнатая шапка и седая борода, то синяя рубаха, то лохмотья от плеч до колен и кинжал поперек живота, то молодое смуглое лицо с черными бровями, такими густыми и резкими, как будто они были написаны углем. Человек пять из них сели в кружок на земле, а остальные пять пошли в сушильню. Один стал в дверях спиною к костру и, заложив руки назад, стал рассказывать что-то, должно быть, очень интересное, потому что, когда Самойленко подложил хворосту и костер вспыхнул, брызнул искрами и ярко осветил сушильню, было видно, как из дверей глядели две физиономии, спокойные, выражавшие глубокое внимание, и как те, которые сидели в кружок, обернулись и стали прислушиваться к рассказу. Немного погодя сидевшие в кружок тихо запели что-то протяжное, мелодичное, похожее на великопостную церковную песню... Слушая их, дьякон вообразил, что будет с ним через десять лет, когда он вернется из экспедиции: он — молодой иеромонах-миссионер, автор с именем и великолепным прошлым; его посвящают в архимандриты, потом в архиереи; он служит в кафедральном соборе обедню; в золотой митре, с панагией выходит на амвон и, осеняя массу народа трикирием и дикирием, возглашает: «Призри с небесе, боже, и виждь и посети виноград сей, его же насади десница твоя!» А дети ангельскими голосами поют в ответ: «Святый боже»...

— Дьякон, где же рыба? — послышался голос Самойленка.

Вернувшись к костру, дьякон вообразил, как в жаркий июльский день по пыльной дороге идет крестный ход; впереди мужики несут хоругви, а бабы и девки иконы, за ними мальчишки-певчие и дьячок с подвязанной щекой и с соломой в волосах, потом по порядку он, дьякон, за ним поп в скуфейке и с крестом, а сзади пылит толпа мужиков, баб, мальчишек; тут же в толпе попадья и дьяконица в платочках. Поют певчие, ревут дети, кричат перепела, заливается жаворонок... Вот остановились и покропили святой водой стадо... Пошли дальше и с коленопреклонением попросили дождя. Потом закуска, разговоры...

«И это тоже хорошо...» — подумал дьякон.

VII

Кирилин и Ачмианов взбирались на гору по тропинке. Ачмианов отстал и остановился, а Кирилин подошел к Надежде Федоровне.

— Добрый вечер! — сказал он, делая под козырек.

— Добрый вечер.

— Да-с? — сказал Кирилин, глядя на небо и думая.

— Что — да-с? — спросила Надежда Федоровна, помолчав немного и замечая, что Ачмианов наблюдает за ними обоими.

— Итак, значит, — медленно выговорил офицер, — наша любовь увяла, не успев расцвесть, так сказать. Как прикажете это понять? Кокетство это с вашей стороны, в своем роде, или же вы считаете меня шалопаем, с которым можно поступать как угодно?

— Это была ошибка! Оставьте меня! — сказала резко Надежда Федоровна, в этот прекрасный, чудесный вечер глядя на него со страхом и спрашивая себя в недоумении: неужели в самом деле была минута, когда этот человек нравился ей и был близок?

— Так-с! — сказал Кирилин; он молча постоял немного, подумал и сказал: — Что ж? Подождем, когда вы будете в лучшем настроении, а пока смею вас уверить, я человек порядочный и сомневаться в этом никому не позволю. Мной играть нельзя! Adieu! 1

Он сделал под козырек и пошел в сторону, пробираясь меж кустами. Немного погодя нерешительно подошел Ачмианов.

— Хороший вечер сегодня! — сказал он с легким армянским акцентом.

Он был недурен собой, одевался по моде, держался просто, как благовоспитанный юноша, но Надежда Федоровна не любила его за то, что была должна его отцу триста рублей;

43

ей неприятно было также, что на пикник пригласили лавочника, и было неприятно, что он подошел к ней именно в этот вечер, когда на душе у нее было так чисто.

— Вообще пикник удался, — сказал он, помолчав.

— Да, — согласилась она и, как будто только что вспомнив про свой долг, сказала небрежно: — Да, скажите в своем магазине, что на днях зайдет Иван Андреич и заплатит там триста... или не помню сколько.

— Я готов дать еще триста, только чтобы вы каждый день не напоминали об этом долге. К чему проза?

Надежда Федоровна засмеялась; ей пришла в голову смешная мысль, что если бы она была недостаточно нравственной и пожелала, то в одну минуту могла бы отделаться от долга. Если бы, например, этому красивому, молодому дурачку вскружить голову! Как бы это в сущности было смешно, нелепо, дико! И ей вдруг захотелось влюбить, обобрать, бросить, потом посмотреть, что из этого выйдет.

— Позвольте дать вам один совет, — робко сказал Ачмианов. — Прошу вас, остерегайтесь Кирилина. Он всюду рассказывает про вас ужасные вещи.

— Мне неинтересно знать, что рассказывает про меня всякий дурак, — сказала холодно Надежда Федоровна, и ею овладело беспокойство, и смешная мысль поиграть молодым, хорошеньким Ачмиановым вдруг потеряла свою прелесть.

— Надо вниз идти, — сказала она. — Зовут.

Внизу уже была готова уха. Ее разливали по тарелкам и ели с тем священнодействием, с каким это делается только на пикниках; и все находили, что уха очень вкусна и что дома они никогда не ели ничего такого вкусного. Как это водится на всех пикниках, теряясь в массе салфеток, свертков, ненужных, ползающих от ветра сальных бумаг, не знали, где чей стакан и где чей хлеб, проливали вино на ковер и себе на колени, рассыпали соль, а кругом было темно и костер горел уже не так ярко и каждому было лень встать и подложить хворосту. Все пили вино, и Косте, и Кате дали по полустакану. Надежда Федоровна выпила стакан, потом другой, опьянела и забыла про Кирилина.

— Роскошный пикник, очаровательный вечер, — сказал Лаевский, веселея от вина, — но я предпочел бы всему этому хорошую зиму. «Морозной пылью серебрится его бобровый воротник».

— У всякого свой вкус, — заметил фон Корен.

Лаевский почувствовал неловкость: в спину ему бил жар от костра, а в грудь и в лицо — ненависть фон Корена; эта ненависть порядочного, умного человека, в которой таилась, вероятно, основательная причина, унижала его, ослабляла, и он, не будучи в силах противостоять ей, сказал заискивающим тоном:

— Я страстно люблю природу и жалею, что я не естественник. Я завидую вам.

— Ну, а я не жалею и не завидую, — сказала Надежда Федоровна. — Я не понимаю, как это можно серьезно заниматься букашками и козявками, когда страдает народ.

Лаевский разделял ее мнение. Он был совершенно не знаком с естественными науками и потому никогда не мог помириться с авторитетным тоном и ученым, глубокомысленным видом людей, которые занимаются муравьиными усиками и тараканьими лапками, и ему всегда было досадно, что эти люди, на основании усиков, лапок и какой-то протоплазмы (он почему-то воображал ее в виде устрицы), берутся решать вопросы, охватывающие собою происхождение и жизнь человека. Но в словах Надежды Федоровны ему послышалась ложь, и он сказал только для того, чтобы противоречить ей:

— Дело не в козявках, а в выводах!

VIII

Стали садиться в экипажи, чтобы ехать домой, поздно, часу в одиннадцатом. Все сели и недоставало только Надежды Федоровны и Ачмианова, которые по ту сторону реки бегали вперегонки и хохотали.

— Господа, поскорей! — крикнул им Самойленко.

— Не следовало бы дамам давать вино, — тихо сказал фон Корен.

Лаевский, утомленный пикником, ненавистью фон Корена и своими мыслями, пошел к Надежде Федоровне навстречу и, когда она, веселая, радостная, чувствуя себя легкой, как перышко, запыхавшись и хохоча, схватила его за обе руки и положила ему голову на грудь, он сделал шаг назад и сказал сурово:

— Ты ведешь себя, как... кокотка.

Это вышло уж очень грубо, так что ему даже стало жаль ее. На его сердитом, утомленном лице она прочла ненависть, жалость, досаду на себя, и вдруг пала духом. Она поняла, что пересолила, вела себя слишком развязно, и, опечаленная, чувствуя себя тяжелой, толстой, грубой и пьяною, села в первый попавшийся пустой экипаж вместе с Ачмиановым. Лаевский сел с Кирилиным, зоолог с Самойленко, дьякон с дамами, и поезд тронулся.

— Вот они каковы макаки... — начал фон Корен, кутаясь в плащ и закрывая глаза. — Ты слышал, она не хотела бы заниматься букашками и козявками, потому что страдает народ. Так судят нашего брата все макаки. Племя рабское, лукавое, в десяти поколениях запуганное кнутом и кулаком; оно трепещет, умиляется и курит фимиамы только перед насилием, но впусти макаку в свободную область, где ее некому брать за шиворот, там она развертывается и дает себя знать. Посмотри, как она смела на картинных выставках, в музеях, в театрах или когда судит о науке: она топорщится, становится на дыбы, ругается, критикует... И непременно критикует — рабская черта! Ты прислушайся: людей свободных профессий ругают чаще, чем мошенников — это оттого, что общество на три четверти состоит из рабов, из таких же вот макак. Не случается, чтобы раб протянул тебе руку и сказал искренно спасибо за то, что ты работаешь.

— Не знаю, что ты хочешь! — сказал Самойленко, зевая. — Бедненькой по простоте захотелось поговорить с тобой об умном, а ты уж заключение выводишь. Ты сердит на него за что-то, ну и на нее за компанию. А она прекрасная женщина!

— Э, полно! Обыкновенная содержанка, развратная и пошлая. Послушай, Александр Давидыч, когда ты встречаешь простую бабу, которая не живет с мужем, ничего не делает и только хи-хи да ха-ха, ты говоришь ей: ступай работать. Почему же ты тут робеешь и боишься говорить правду? Потому только, что Надежда Федоровна живет на содержании не у матроса, а у чиновника?

— Что же мне с ней делать? — рассердился Самойленко. — Бить ее, что ли?

— Не льстить пороку. Мы проклинаем порок только за глаза, а это похоже на кукиш в кармане. Я зоолог, или социолог, что одно и то же, ты — врач; общество нам верит; мы обязаны указывать ему на тот страшный вред, каким угрожает ему и будущим поколениям существование госпож вроде этой Надежды Ивановны.

— Федоровны, — поправил Самойленко. — А что должно делать общество?

— Оно? Это его дело. По-моему, самый прямой и верный путь — это насилие. Manu militari 1 ее следует отправить к мужу, а если муж не примет, то отдать ее в каторжные работы или какое-нибудь исправительное заведение.

— Уф! — вздохнул Самойленко; он помолчал и спросил тихо: — Как-то на днях ты говорил, что таких людей, как Лаевский, уничтожать надо... Скажи мне, если бы того...

положим, государство или общество поручило тебе уничтожить его, то ты бы... решился?

— Рука бы не дрогнула.

IX

Приехав домой, Лаевский и Надежда Федоровна вошли в свои темные, душные, скучные комнаты. Оба молчали. Лаевский зажег свечу, а Надежда Федоровна села и, не снимая манто и шляпы, подняла на него печальные, виноватые глаза.

Он понял, что она ждет от него объяснения; но объясняться было бы скучно, бесполезно и утомительно, и на душе было тяжело оттого, что он не удержался и сказал ей грубость. Случайно он нащупал у себя в кармане письмо, которое каждый день собирался прочесть ей, и подумал, что если показать ей теперь это письмо, то оно отвлечет ее внимание в другую сторону.

«Пора уж выяснить отношения, — подумал он. — Дам ей; что будет, то будет».

Он вынул письмо и подал ей.

— Прочти. Это тебя касается.

Сказавши это, он пошел к себе в кабинет и лег на диван в потемках, без подушки. Надежда Федоровна прочла письмо, и показалось ей, что потолок опустился и стены подошли близко к ней. Стало вдруг тесно, темно и страшно. Она быстро перекрестилась три раза и проговорила:

— Упокой господи... упокой господи...

И заплакала.

— Ваня! — позвала она. — Иван Андреич!

Ответа не было. Думая, что Лаевский вошел и стоит у нее за стулом, она всхлипывала, как ребенок, и говорила:

— Зачем ты раньше не сказал мне, что он умер? Я бы не

поехала на пикник, не хохотала бы так страшно... Мужчины говорили мне пошлости. Какой грех, какой грех! Спаси меня, Ваня, спаси меня... Я обезумела... Я пропала...

Лаевский слышал ее всхлипыванья. Ему было нестерпимо душно, и сильно стучало сердце. В тоске он поднялся, постоял посреди комнаты, нащупал в потемках кресло около стола и сел.

«Это тюрьма... — подумал он. — Надо уйти... Я не могу...»

Идти играть в карты было уже поздно, ресторанов в городе не было. Он опять лег и заткнул уши, чтобы не слышать всхлипываний, и вдруг вспомнил, что можно пойти к Самойленку. Чтобы не проходить мимо Надежды Федоровны, он через окно пробрался в садик, перелез через палисадник и пошел по улице. Было темно. Только что пришел какой-то пароход, судя по огням, большой пассажирский... Загремела якорная цепь. От берега по направлению к пароходу быстро двигался красный огонек: это плыла таможенная лодка.

«Спят себе пассажиры в каютах»... — подумал Лаевский и позавидовал чужому покою.

Окна в доме Самойленка были открыты. Лаевский поглядел в одно из них, потом в другое: в комнатах было темно и тихо.

— Александр Давидыч, ты спишь? — позвал он. — Александр Давидыч!

Послышался кашель и тревожный окрик:

— Кто там? Какого чёрта?

— Это я, Александр Давидыч. Извини.

Немного погодя отворилась дверь; блеснул мягкий свет от лампадки, и показался громадный Самойленко весь в белом и в белом колпаке.

— Что тебе? — спросил он, тяжело дыша спросонок и почесываясь. — Погоди, я сейчас отопру.

— Не трудись, я в окно...

49

Лаевский влез в окошко и, подойдя к Самойленку, схватил его за руку.

— Александр Давидыч, — сказал он дрожащим голосом, — спаси меня! Умоляю тебя, заклинаю, пойми меня! Положение мое мучительно. Если оно продолжится еще хотя день-два, то я задушу себя, как... как собаку!

— Постой... Ты насчет чего, собственно?

— Зажги свечу.

— Ох, ох... — вздохнул Самойленко, зажигая свечу. — Боже мой, боже мой... А уже второй час, брат.

— Извини, но я не могу дома сидеть — сказал Лаевский, чувствуя большое облегчение от света и присутствия Самойленка. — Ты, Александр Давидыч, мой единственный, мой лучший друг... Вся надежда на тебя. Хочешь, не хочешь, бога ради выручай. Во что бы то ни стало, я должен уехать отсюда. Дай мне денег взаймы!

— Ох, боже мой, боже мой!.. — вздохнул Самойленко, почесываясь. — Засыпаю и слышу: свисток, пароход пришел, а потом ты... Много тебе нужно?

— По крайней мере рублей триста. Ей нужно оставить сто и мне на дорогу двести... Я тебе должен уже около четырехсот, но я всё вышлю... всё...

Самойленко забрал в одну руку оба бакена, расставил ноги и задумался.

— Так... — пробормотал он в раздумье. — Триста... Да... Но у меня нет столько. Придется занять у кого-нибудь.

— Займи, бога ради! — сказал Лаевский, видя по лицу Самойленка, что он хочет дать ему денег и непременно даст. — Займи, а я непременно отдам. Вышлю из Петербурга, как только приеду туда. Это уж будь покоен. Вот что, Саша, — сказал он, оживляясь, — давай выпьем вина!

— Так... Можно и вина. Оба пошли в столовую.

— А как же Надежда Федоровна? — спросил Самойленко,

ставя на стол три бутылки и тарелку с персиками. — Она останется разве?

— Всё устрою, всё устрою... — сказал Лаевский, чувствуя неожиданный прилив радости. — Я потом вышлю ей денег, она и приедет ко мне... Там уж мы и выясним наши отношения. За твое здоровье, друже.

— Погоди! — сказал Самойленко. — Сначала ты этого выпей... Это из моего виноградника. Это вот бутылка из виноградника Наваридзе, а это Ахатулова... Попробуй все три сорта и скажи откровенно... Мое как будто с кислотцой. А? Не находишь?

— Да. Утешил ты меня, Александр Давидыч. Спасибо... Я ожил.

— С кислотцой?

— А чёрт его знает, не знаю. Но ты великолепный, чудный человек!

Глядя на его бледное, возбужденное, доброе лицо, Самойленко вспомнил мнение фон Корена, что таких уничтожать нужно, и Лаевский показался ему слабым, беззащитным ребенком, которого всякий может обидеть и уничтожить.

— А ты, когда поедешь, с матерью помирись, — сказал он. — Нехорошо.

— Да, да, непременно.

Помолчали немного. Когда выпили первую бутылку, Самойленко сказал:

— Помирился бы ты и с фон Кореном. Оба вы прекраснейшие, умнейшие люди, а глядите друг на дружку, как волки.

— Да, он прекраснейший, умнейший человек, — согласился Лаевский, готовый теперь всех хвалить и прощать. — Он замечательный человек, но сойтись с ним для меня невозможно. Нет! Наши натуры слишком различны. Я натура вялая, слабая, подчиненная; быть может, в хорошую минуту и протянул бы ему руку, но он отвернулся бы от меня... с презрением.

Лаевский хлебнул вина, прошелся из угла в угол и продолжал, стоя посреди комнаты:

— Я отлично понимаю фон Корена. Это натура твердая, сильная, деспотическая. Ты слышал, он постоянно говорит об экспедиции, и это не пустые слова. Ему нужна пустыня, лунная ночь: кругом в палатках и под открытым небом спят его голодные и больные, замученные тяжелыми переходами казаки, проводники, носильщики, доктор, священник, и не спит только один он и, как Стэнли, сидит на складном стуле и чувствует себя царем пустыни и хозяином этих людей. Он идет, идет, идет куда-то, люди его стонут и мрут один за другим, а он идет и идет, в конце концов погибает сам и все-таки остается деспотом и царем пустыни, так как крест у его могилы виден караванам за тридцать-сорок миль и царит над пустыней. Я жалею, что этот человек не на военной службе. Из него вышел бы превосходный, гениальный полководец. Он умел бы топить в реке свою конницу и делать из трупов мосты, а такая смелость на войне нужнее всяких фортификаций и тактик. О, я его отлично понимаю! Скажи: зачем он проедается здесь? Что ему тут нужно?

— Он морскую фауну изучает.

— Нет. Нет, брат, нет! — вздохнул Лаевский. — Мне на пароходе один проезжий ученый рассказывал, что Черное море бедно фауной и что на глубине его, благодаря изобилию сероводорода, невозможна органическая жизнь. Все серьезные зоологи работают на биологических станциях в Неаполе или Villefranche. Но фон Корен самостоятелен и упрям: он работает на Черном море, потому что никто здесь не работает; он порвал с университетом, не хочет знать ученых и товарищей, потому что он прежде всего деспот, а потом уж зоолог. И из него, увидишь, выйдет большой толк. Он уж и теперь мечтает, что когда вернется из экспедиции, то выкурит из наших университетов интригу и посредственность и скрутит ученых в бараний рог. Деспотия и в науке так же сильна, как на войне. А живет он второе лето в этом вонючем городишке, потому что лучше быть первым в деревне, чем в городе вторым. Он здесь король и орел; он держит всех жителей в ежах и гнетет их своим авторитетом. Он прибрал к рукам всех, вмешивается в чужие дела, всё ему нужно и все боятся его. Я ускользаю из-под его лапы, он чувствует это и ненавидит меня. Не говорил ли он тебе, что меня нужно уничтожить или отдать в общественные работы?

— Да, — засмеялся Самойленко.

Лаевский тоже засмеялся и выпил вина.

— И идеалы у него деспотические, — сказал он, смеясь и закусывая персиком. — Обыкновенные смертные, если работают на общую пользу, то имеют в виду своего ближнего: меня, тебя, одним словом человека. Для фон Корена же люди — щенки и ничтожества, слишком мелкие для того, чтобы быть целью его жизни. Он работает, пойдет в экспедицию и свернет себе там шею не во имя любви к ближнему, а во имя таких абстрактов, как человечество, будущие поколения, идеальная порода людей. Он хлопочет об улучшении человеческой породы, и в этом отношении мы для него только рабы, мясо для пушек, вьючные животные; одних бы он уничтожил или законопатил на каторгу, других скрутил бы дисциплиной, заставил бы, как Аракчеев, вставать и ложиться по барабану, поставил бы евнухов, чтобы стеречь наше целомудрие и нравственность, велел бы стрелять во всякого, кто выходит за круг нашей узкой, консервативной морали, и всё это во имя улучшения человеческой породы... А что такое человеческая порода? Иллюзия, мираж... Деспоты всегда были иллюзионистами. Я, брат, отлично понимаю его. Я ценю его и не отрицаю его значения; на таких, как он, этот мир держится, и если бы мир был предоставлен только одним нам, то мы, при всей своей доброте и благих намерениях, сделали бы из него то же самое, что вот мухи из этой картины. Да.

Лаевский сел рядом с Самойленком и сказал с искренним увлечением:

— Я пустой, ничтожный, падший человек! Воздух, которым дышу, это вино, любовь, одним словом, жизнь я до сих пор покупал ценою лжи, праздности и малодушия. До сих пор я обманывал людей и себя, я страдал от этого, и страдания мои были дешевы и пошлы. Перед ненавистью фон Корена я робко гну спину, потому что временами сам ненавижу и презираю себя.

Лаевский опять в волнении прошелся из угла в угол и сказал:

— Я рад, что ясно вижу свои недостатки и сознаю их. Это поможет мне воскреснуть и стать другим человеком. Голубчик мой, если б ты знал, как страстно, с какою тоской я жажду своего обновления. И, клянусь тебе, я буду человеком! Буду! Не знаю, вино ли во мне заговорило, или оно так и есть на самом деле, но мне кажется, что я давно уже не переживал таких светлых, чистых минут, как сейчас у тебя.

— Пора, братец, спать... — сказал Самойленко.

— Да, да... Извини. Я сейчас.

Лаевский засуетился около мебели и окон, ища своей фуражки.

— Спасибо... — бормотал он, вздыхая. — Спасибо... Ласка и доброе слово выше милостыни. Ты оживил меня.

Он нашел свою фуражку, остановился и виновато посмотрел на Самойленка.

— Александр Давидыч! — сказал он умоляющим голосом.

— Что?

— Позволь, голубчик, остаться у тебя ночевать!

— Сделай милость... отчего же?

Лаевский лег спать на диване и еще долго разговаривал с доктором.

X

Дня через три после пикника к Надежде Федоровне неожиданно пришла Марья Константиновна и, не здороваясь, не снимая шляпы, схватила ее за обе руки, прижала их к своей груди и сказала в сильном волнении:

— Дорогая моя, я взволнована, поражена. Наш милый, симпатичный доктор вчера передавал моему Никодиму Александрычу, что будто скончался ваш муж. Скажите, дорогая... Скажите, это правда?

— Да, правда, он умер, — ответила Надежда Федоровна.

— Это ужасно, ужасно, дорогая! Но нет худа без добра. Ваш муж, был, вероятно, дивный, чудный, святой человек, а такие на небе нужнее, чем на земле.

На лице у Марьи Константиновны задрожали все черточки и точечки, как будто под кожей запрыгали мелкие иголочки, она миндально улыбнулась и сказала восторженно, задыхаясь:

— Итак, вы свободны, дорогая. Вы можете теперь высоко держать голову и смело глядеть людям в глаза. Отныне бог и люди благословят ваш союз с Иваном Андреичем. Это очаровательно. Я дрожу от радости, не нахожу слов. Милая, я буду вашей свахой... Мы с Никодимом Александрычем так любили вас, вы позволите нам благословить ваш законный, чистый союз. Когда, когда вы думаете венчаться?

— Я и не думала об этом, — сказала Надежда Федоровна, освобождая свои руки.

— Это невозможно, милая. Вы думали, думали!

— Ей-богу, не думала, — засмеялась Надежда Федоровна. — К чему нам венчаться? Я не вижу в этом никакой надобности. Будем жить, как жили.

— Что вы говорите! — ужаснулась Марья Константиновна. — Ради бога, что вы говорите!

— Оттого, что мы повенчаемся, не станет лучше. Напротив, даже хуже. Мы потеряем свою свободу.

— Милая! Милая, что вы говорите! — вскрикнула Марья Константиновна, отступая назад и всплескивая руками. — Вы экстравагантны! Опомнитесь! Угомонитесь!

— То есть, как угомониться? Я еще не жила, а вы — угомонитесь!

Надежда Федоровна вспомнила, что она в самом деле еще не жила. Кончила курс в институте и вышла за нелюбимого человека, потом сошлась с Лаевским и всё время жила с ним на этом скучном, пустынном берегу в ожидании чего-то лучшего. Разве это жизнь?

«А повенчаться бы следовало...» — подумала она, но вспомнила про Кирилина и Ачмианова, покраснела и сказала:

— Нет, это невозможно. Если бы даже Иван Андреич стал просить меня об этом на коленях, то и тогда бы я отказалась.

Марья Константиновна минуту сидела молча на диване печальная, серьезная и глядела в одну точку, потом встала и проговорила холодно:

— Прощайте, милая! Извините, что побеспокоила. Хотя это для меня и не легко, но я должна сказать вам, что с этого дня между нами всё кончено и, несмотря на мое глубокое уважение к Ивану Андреичу, дверь моего дома для вас закрыта.

Она проговорила это с торжественностью, и сама же была подавлена своим торжественным тоном; лицо ее опять задрожало, приняло мягкое, миндальное выражение, она протянула испуганной, сконфуженной Надежде Федоровне обе руки и сказала умоляюще:

— Милая моя, позвольте мне хотя одну минуту побыть вашею матерью или старшей сестрой! Я буду откровенна с вами, как мать.

Надежда Федоровна почувствовала в своей груди такую теплоту, радость и сострадание к себе, как будто в самом деле воскресла ее мать и стояла перед ней. Она порывисто обняла Марью Константиновну и прижалась лицом к ее плечу. Обе заплакали. Они сели на диван и несколько минут всхлипывали, не глядя друг на друга и будучи не в силах выговорить ни одного слова.

— Милая, дитя мое, — начала Марья Константиновна, — я буду говорить вам суровые истины, не щадя вас.

— Ради бога, ради бога!

— Доверьтесь мне, милая. Вы вспомните, из всех здешних дам только я одна принимала вас. Вы ужаснули меня с первого же дня, но я была не в силах отнестись к вам с пренебрежением, как все. Я страдала за милого, доброго Ивана Андреича, как за сына. Молодой человек на чужой стороне, неопытен, слаб, без матери, и я мучилась, мучилась... Муж был против знакомства с ним, но я уговорила... убедила... Мы стали принимать Ивана Андреича, а с ним, конечно, и вас, иначе бы он оскорбился. У меня дочь, сын... Вы понимаете, нежный детский ум, чистое сердце... аще кто соблазнит единого из малых сих... Я принимала вас и дрожала за детей. О, когда вы будете матерью, вы поймете мой страх. И все удивлялись, что я принимаю вас, извините, как порядочную, намекали мне... ну, конечно, сплетни, гипотезы... В глубине моей души я осудила вас, но вы были несчастны, жалки, экстравагантны, и я страдала от жалости.

— Но почему? Почему? — спросила Надежда Федоровна, дрожа всем телом. — Что я кому сделала?

— Вы страшная грешница. Вы нарушили обет, который дали мужу перед алтарем. Вы соблазнили прекрасного молодого человека, который, быть может, если бы не встретился с вами, взял бы себе законную подругу жизни из хорошей семьи своего круга и был бы теперь, как все. Вы погубили его молодость. Не говорите, не говорите, милая! Я не поверю, чтобы в наших грехах был виноват мужчина. Всегда виноваты женщины. Мужчины в домашнем быту легкомысленны, живут умом, а не сердцем, не понимают многого, но женщина всё понимает. От нее всё зависит. Ей много дано, с нее много и взыщется. О, милая, если бы она была в этом отношении глупее или слабее мужчины, то бог не вверил бы ей воспитания мальчиков и девочек. И затем, дорогая, вы вступили на стезю порока, забыв всякую стыдливость; другая в вашем положении укрылась бы от людей, сидела бы дома запершись, и люди видели бы ее только в храме божием, бледную, одетую во все черное, плачущую, и каждый бы в искреннем сокрушении сказал: «Боже, это согрешивший ангел опять возвращается к тебе...» Но вы, милая, забыли всякую скромность, жили открыто, экстравагантно, точно гордились грехом, вы резвились, хохотали, и я, глядя на вас, дрожала от ужаса и боялась, чтобы гром небесный не поразил нашего дома в то время, когда вы сидите у нас. Милая, не говорите, не говорите! — вскрикнула Марья Константиновна, заметив, что Надежда Федоровна хочет говорить. — Доверьтесь мне, я не обману вас и не скрою от взоров вашей души ни одной истины. Слушайте же меня, дорогая... Бог отмечает великих грешников, и вы были отмечены. Вспомните, костюмы ваши всегда были ужасны!

Надежда Федоровна, бывшая всегда самого лучшего мнения о своих костюмах, перестала плакать и посмотрела на нее с удивлением.

— Да, ужасны! — продолжала Марья Константиновна. — По изысканности и пестроте ваших нарядов всякий может судить о вашем поведении. Все, глядя на вас, посмеивались и пожимали плечами, а я страдала, страдала... И простите меня, милая, вы нечистоплотны! Когда мы встречались в купальне, вы заставляли меня трепетать. Верхнее платье еще туда-сюда, но юбка, сорочка... милая, я краснею! Бедному Ивану Андреичу тоже никто не завяжет галстука, как следует, и по белью, и по сапогам бедняжки видно, что дома за ним никто не смотрит. И всегда он у вас, мой голубчик, голоден, и в самом деле, если дома некому позаботиться насчет самовара и кофе, то поневоле будешь проживать в павильоне половину своего жалованья. А дома у вас просто ужас, ужас! Во всем городе ни у кого нет мух, а у вас от них отбою нет, все тарелки и блюдечки черны. На окнах и на столах, посмотрите, пыль, дохлые мухи, стаканы... К чему тут стаканы? И, милая, до сих пор у вас со стола не убрано. А в спальню к вам войти стыдно: разбросано везде белье, висят на стенах эти ваши разные каучуки, стоит какая-то посуда... Милая! Муж ничего не должен знать, и жена должна быть перед ним чистой, как ангельчик! Я каждое утро просыпаюсь чуть свет и мою холодной водой лицо, чтобы мой Никодим Александрыч не заметил, что я заспанная.

— Это все пустяки, — зарыдала Надежда Федоровна. — Если бы я была счастлива, но я так несчастна!

— Да, да, вы очень несчастны! — вздохнула Марья Константиновна, едва удерживаясь, чтобы не заплакать. — И вас ожидает в будущем страшное горе! Одинокая старость, болезни, а потом ответ на страшном судилище... Ужасно, ужасно! Теперь сама судьба протягивает вам руку помощи, а вы неразумно отстраняете ее. Венчайтесь, скорее венчайтесь!

— Да, надо, надо, — сказала Надежда Федоровна, — но это невозможно!

— Почему же?

— Невозможно! О, если б вы знали!

Надежда Федоровна хотела рассказать про Кирилина и про то, как она вчера вечером встретилась на пристани с молодым, красивым Ачмиановым и как ей пришла в голову сумасшедшая, смешная мысль отделаться от долга в триста рублей, ей было очень смешно, и она вернулась домой поздно вечером, чувствуя себя бесповоротно падшей и продажной. Она сама не знала, как это случилось. И ей хотелось теперь поклясться перед Марьей Константиновной, что она непременно отдаст долг, но рыдания и стыд мешали ей говорить.

— Я уеду, — сказала она. — Иван Андреич пусть остается, а я уеду.

— Куда?

— В Россию.

— Но чем вы будете там жить? Ведь у вас ничего нет.

— Я буду переводами заниматься или... или открою библиотечку...

— Не фантазируйте, моя милая. На библиотечку деньги нужны. Ну, я вас теперь оставлю, а вы успокойтесь и подумайте, а завтра приходите ко мне веселенькая. Это будет очаровательно! Ну, прощайте, мой ангелочек. Дайте я вас поцелую.

Марья Константиновна поцеловала Надежду Федоровну в лоб, перекрестила ее и тихо вышла. Становилось уже темно, и Ольга в кухне зажгла огонь. Продолжая плакать, Надежда Федоровна пошла в спальню и легла на постель. Ее стала бить сильная лихорадка. Лежа, она разделась, смяла платье к ногам и свернулась под одеялом клубочком. Ей хотелось пить, и некому было подать.

— Я отдам! — говорила она себе, и ей в бреду казалось, что она сидит возле какой-то больной и узнает в ней самоё себя. — Я отдам. Было бы глупо думать, что я из-за денег... Я уеду и вышлю ему деньги из Петербурга. Сначала сто... потом сто... и потом — сто...

Поздно ночью пришел Лаевский.

— Сначала сто... — сказала ему Надежда Федоровна, — потом сто...

— Ты бы приняла хины, — сказал он, и подумал: «Завтра среда, отходит пароход, и я не еду. Значит, придется жить здесь до субботы».

Надежда Федоровна поднялась в постели на колени.

— Я ничего сейчас не говорила? — спросила она, улыбаясь и щурясь от свечи.

— Ничего. Надо будет завтра утром за доктором поедать. Спи.

Он взял подушку и пошел к двери. После того, как он

окончательно решил уехать и оставить Надежду Федоровну, она стала возбуждать в нем жалость и чувство вины; ему было в ее присутствии немножко совестно, как в присутствии больной или старой лошади, которую решили убить. Он остановился в дверях и оглянулся на нее.

— На пикнике я был раздражен и сказал тебе грубость. Ты извини меня, бога ради.

Сказавши это, он пошел к себе в кабинет, лег и долго не мог уснуть.

Когда на другой день утром Самойленко, одетый, по случаю табельного дня, в полную парадную форму с эполетами и орденами, пощупав у Надежды Федоровны пульс и поглядев ей на язык, выходил из спальни, Лаевский, стоявший у порога, спросил его с тревогой:

— Ну, что? Что?

Лицо его выражало страх, крайнее беспокойство и надежду.

— Успокойся, ничего опасного, — сказал Самойленко. — Обыкновенная лихорадка.

— Я не о том, — нетерпеливо поморщился Лаевский. — Достал денег?

— Душа моя, извини, — зашептал Самойленко, оглядываясь на дверь и конфузясь. — Бога ради извини! Ни у кого нет свободных денег, и я собрал пока по пяти да по десяти рублей — всего-навсего сто десять. Сегодня еще кое с кем поговорю. Потерпи.

— Но крайний срок суббота! — прошептал Лаевский, дрожа от нетерпения. — Ради всех святых, до субботы! Если я в субботу не уеду, то ничего мне не нужно... ничего! Не понимаю, как это у доктора могут не быть деньги!

— Да, господи, твоя воля, — быстро и с напряжением зашептал Самойленко, и что-то даже пискнуло у него в горле, — у меня всё разобрали, должны мне семь тысяч, и я кругом должен. Разве я виноват?

— Значит: к субботе достанешь? Да?

— Постараюсь.

— Умоляю, голубчик! Так, чтобы в пятницу утром деньги у меня в руках были.

Самойленко сел и прописал хину в растворе, kalii bromati, ревенной настойки, tincturae gentianae, aquae foeniculi — все это в одной микстуре, прибавил розового сиропу, чтобы горько не было, и ушел.

XI

— У тебя такой вид, как будто ты идешь арестовать меня, — сказал фон Корен, увидев входившего к нему Самойленка в парадной форме.

— А я иду мимо и думаю: дай-ка зайду, зоологию проведаю, — сказал Самойленко, садясь у большого стола, сколоченного самим зоологом из простых досок. — Здравствуй, святой отец! — кивнул он дьякону, который сидел у окна и что-то переписывал. — Посижу минуту и побегу домой распорядиться насчет обеда. Уже пора... Я вам не помешал?

— Нисколько, — ответил зоолог, раскладывая по столу мелко исписанные бумажки. — Мы перепиской занимаемся.

— Так... Ох, боже мой, боже мой... — вздохнул Самойленко; он осторожно потянул со стола запыленную книгу, на которой лежала мертвая сухая фаланга, и сказал: — Однако! Представь, идет по своим делам какой-нибудь зелененький жучок и вдруг по дороге встречает такую анафему. Воображаю, какой ужас!

— Да, полагаю.

— Ей яд дан, чтобы защищаться от врагов?

— Да, защищаться и самой нападать.

— Так, так, так... И всё в природе, голубчики мои, целесообразно и объяснимо, — вздохнул Самойленко. — Только вот чего я не понимаю. Ты, величайшего ума человек, объясни-ка мне, пожалуйста. Бывают, знаешь, зверьки, не больше крысы, на вид красивенькие, но в высочайшей степени, скажу я тебе, подлые и безнравственные. Идет такой зверек, положим, по лесу, увидал птичку, поймал и съел. Идет дальше и видит в траве гнездышко с яйцами; жрать ему уже не хочется, сыт, но все-таки раскусывает яйцо, а другие вышвыривает из гнезда лапкой. Потом встречает лягушку и давай с ней играть. Замучил лягушку, идет и облизывается, а навстречу ему жук. Он жука лапкой... И всё он портит и разрушает на своем пути... Залезает и в чужие норы, разрывает зря муравейники, раскусывает улиток... Встретится крыса — он с ней в драку; увидит змейку или мышонка — задушить надо. И так целый день. Ну, скажи, для чего такой зверь нужен? Зачем он создан?

— Я не знаю, про какого зверька ты говоришь, — сказал фон Корен, — вероятно, про какого-нибудь из насекомоядных. Ну, что ж? Птица попалась ему, потому что неосторожна; он разрушил гнездо с яйцами, потому что птица не искусна, дурно сделала гнездо и не сумела замаскировать его. У лягушки, вероятно, какой-нибудь изъян в цветовой окраске, иначе бы он не увидел ее, и так далее. Твой зверь сокрушает только слабых, неискусных, неосторожных, одним словом, имеющих недостатки, которые природа не находят нужным передавать в потомство. Остаются в живых только более ловкие, осторожные, сильные и развитые. Таким образом, твой зверек, сам того не подозревая, служит великим целям усовершенствования.

— Да, да, да... Кстати, брат, — сказал Самойленко развязно, — дай-ка мне взаймы рублей сто.

— Хорошо. Между насекомоядными попадаются очень интересные субъекты. Например, крот. Про него говорят, что он полезен, так как истребляет вредных насекомых. Рассказывают, что будто какой-то немец прислал императору Вильгельму I шубу из кротовых шкурок и будто император приказал сделать ему выговор за то, что он истребил такое множество полезных животных. А между тем крот в жестокости нисколько не уступит твоему зверьку и к тому же очень вреден, так как страшно портит луга.

Фон Корен отпер шкатулку и достал оттуда сторублевую бумажку.

— У крота сильная грудная клетка, как у летучей мыши, — продолжал он, запирая шкатулку, — страшно развитые кости и мышцы, необыкновенное вооружение рта. Если бы он имел размеры слона, то был бы всесокрушающим, непобедимым животным. Интересно, когда два крота встречаются под землей, то они оба, точно сговорившись, начинают рыть площадку; эта площадка нужна им для того, чтобы удобнее было сражаться. Сделав ее, они вступают в жестокий бой и дерутся до тех пор, пока не падает слабейший. Возьми же сто рублей, — сказал фон Корен, понизив тон, — но с условием, что ты берешь не для Лаевского.

— А хоть бы и для Лаевского! — вспыхнул Самойленко. — Тебе какое дело?

— Для Лаевского я не могу дать. Я знаю, ты любишь давать взаймы. Ты дал бы и разбойнику Кериму, если бы он попросил у тебя, но, извини, помогать тебе в этом направлении я не могу.

— Да, я прошу для Лаевского! — сказал Самойленко, вставая и размахивая правой рукой. — Да! Для Лаевского! И никакой ни чёрт, ни дьявол не имеет права учить меня, как я должен распоряжаться своими деньгами. Вам не угодно дать? Нет?

Дьякон захохотал.

— Ты не кипятись, а рассуждай, — сказал зоолог. —

Благодетельствовать г. Лаевскому так же неумно, по-моему, как поливать сорную траву или прикармливать саранчу.

— А по-моему, мы обязаны помогать нашим ближним! — крикнул Самойленко.

— В таком случае помоги вот этому голодному турку, что лежит под забором! Он работник и нужнее, полезнее твоего Лаевского. Отдай ему эти сто рублей! Или пожертвуй мне сто рублей на экспедицию!

— Ты дашь или нет, я тебя спрашиваю?

— Ты скажи откровенно: на что ему нужны деньги?

— Это не секрет. Ему нужно в субботу в Петербург ехать.

— Вот как! — сказал протяжно фон Корен. — Ага... Понимаем. А она с ним поедет или как?

— Она пока здесь остается. Он устроит в Петербурге свои дела и пришлет ей денег, тогда и она поедет.

— Ловко!.. — сказал зоолог и засмеялся коротким теноровым смехом. — Ловко! Умно придумано.

Он быстро подошел к Самойленку и, став лицом к лицу, глядя ему в глаза, спросил:

— Ты говори откровенно: он разлюбил? Да? Говори: разлюбил? Да?

— Да, — выговорил Самойленко и вспотел.

— Как это отвратительно! — сказал фон Корен, и по лицу его видно было, что он чувствует отвращение. — Что-нибудь из двух, Александр Давидыч: или ты с ним в заговоре или же, извини, ты простофиля. Неужели ты не понимаешь, что он проводит тебя, как мальчишку, самым бессовестным образом? Ведь ясно, как день, что он хочет отделаться от нее и бросить ее здесь. Она останется на твоей шее, и ясно, как день, что тебе придется отправлять ее в Петербург на свой счет. Неужели твой прекрасный друг до такой степени ослепил тебя своими достоинствами, что ты не видишь даже самых простых вещей?

— Это одни только предположения, — сказал Самойленко, садясь.

65

— Предположения? Но почему он едет один, а не вместе с ней? И почему, спроси его, не поехать бы ей вперед, а ему после? Продувная бестия!

Подавленный внезапными сомнениями и подозрениями насчет своего приятеля, Самойленко вдруг ослабел и понизил тон.

— Но это невозможно! — сказал он, вспоминая ту ночь, когда Лаевский ночевал у него. — Он так страдает!

— Что ж из этого? Воры и поджигатели тоже страдают!

— Положим даже, что ты прав... — сказал в раздумье Самойленко. — Допустим... Но он молодой человек, на чужой стороне... студент, мы тоже студенты, и кроме нас тут некому оказать ему поддержку.

— Помогать ему делать мерзости только потому, что ты и он в разное время были в университете и оба там ничего не делали! Что за вздор!

— Постой, давай хладнокровно рассудим. Можно будет, полагаю, устроить вот как... — соображал Самойленко, шевеля пальцами. — Я, понимаешь, дам ему деньги, но возьму с него честное, благородное слово, что через неделю же он пришлет Надежде Федоровне на дорогу.

— И он даст тебе честное слово, даже прослезится и сам себе поверит, но цена-то этому слову? Он его не сдержит, и когда через год-два ты встретишь его на Невском под ручку с новой любовью, то он будет оправдываться тем, что его искалечила цивилизация и что он сколок с Рудина. Брось ты его, бога ради! Уйди от грязи и не копайся в ней обеими руками!

Самойленко подумал минуту и сказал решительно:

— Но я всё-таки дам ему денег. Как хочешь. Я не в состоянии отказать человеку на основании одних только предположений.

— И превосходно. Поцелуйся с ним.

— Так дай же мне сто рублей, — робко попросил Самойленко.

— Не дам.

Наступило молчание. Самойленко совсем ослабел: лицо его приняло виноватое, пристыженное и заискивающее выражение, и как-то странно было видеть это жалкое, детски-сконфуженное лицо у громадного человека с эполетами и орденами.

— Здешний преосвященный объезжает свою епархию не в карете, а верхом на лошади, — сказал дьякон, кладя перо. — Вид его, сидящего на лошадке, до чрезвычайности трогателен. Простота и скромность его преисполнены библейского величия.

— Он хороший человек? — спросил фон Корен, который рад был переменить разговор.

— А то как же? Если б не был хорошим, то разве его посвятили бы в архиерея?

— Между архиереями встречаются очень хорошие и даровитые люди, — сказал фон Корен. — Жаль только, что у многих из них есть слабость — воображать себя государственными мужами. Один занимается обрусением, другой критикует науки. Это не их дело. Они бы лучше почаще в консисторию заглядывали.

— Светский человек не может судить архиереев.

— Почему же, дьякон? Архиерей такой же человек, как и я.

— Такой да не такой, — обиделся дьякон, принимаясь за перо. — Ежели бы вы были такой, то на вас почила бы благодать и вы сами были бы архиереем, а ежели вы не архиерей, то, значит, не такой.

— Не мели, дьякон! — сказал Самойленко с тоской. — Послушай, вот что я придумал, — обратился он к фон Корену. — Ты мне этих ста рублей не давай. Ты у меня до зимы будешь столоваться еще три месяца, так вот дай мне вперед за три месяца.

— Не дам.

Самойленко замигал глазами и побагровел; он машинально потянул к себе книгу с фалангой и посмотрел на нее, потом встал и взялся за шапку. Фон Корену стало жаль его.

— Вот извольте жить и дело делать с такими господами! — сказал зоолог и в негодовании швырнул ногой в угол какую-то бумагу. — Пойми же, что это не доброта, не любовь, а малодушие, распущенность, яд! Что делает разум, то разрушают ваши дряблые, никуда не годные сердца! Когда я гимназистом был болен брюшным тифом, моя тетушка из сострадания обкормила меня маринованными грибами, и я чуть не умер. Пойми ты вместе с тетушкой, что любовь к человеку должна находиться не в сердце, не под ложечкой и не в пояснице, а вот здесь!

Фон Корен хлопнул себя по лбу.

— Возьми! — сказал он и швырнул сторублевую бумажку.

— Напрасно ты сердишься, Коля, — кротко сказал Самойленко, складывая бумажку. — Я тебя отлично понимаю, но... войди в мое положение.

— Баба ты старая, вот что!

Дьякон захохотал.

— Послушай. Александр Давидыч, последняя просьба! — горячо сказал фон Корен. — Когда ты будешь давать тому прохвосту деньги, то предложи ему условие: пусть уезжает вместе со своей барыней или же отошлет ее вперед, а иначе не давай. Церемониться с ним нечего. Так ему и скажи, а если не скажешь, то, даю тебе честное слово, я пойду к нему в присутствие и спущу его там с лестницы, а с тобою знаться не буду. Так и знай!

— Что ж? Если он уедет вместе с ней или вперед ее отправит, то для него же удобнее, — сказал Самойленко. — Он даже рад будет. Ну, прощай.

Он нежно простился и вышел, но, прежде чем затворить за собою дверь, оглянулся на фон Корена, сделал страшное лицо и сказал:

— Это тебя, брат, немцы испортили! Да! Немцы!

XII

На другой день, в четверг, Марья Константиновна праздновала день рождения своего Кости. В полдень все были приглашены кушать пирог, а вечером пить шоколад. Когда вечером пришли Лаевский и Надежда Федоровна, зоолог, уже сидевший в гостиной и пивший шоколад, спросил у Самойленка:

— Ты говорил с ним?

— Нет еще.

— Смотри же не церемонься. Не понимаю я наглости этих господ! Ведь отлично знают взгляд здешней семьи на их сожительство, а между тем лезут сюда.

— Если обращать внимание на каждый предрассудок, — сказал Самойленко, — то придется никуда не ходить.

— Разве отвращение массы к внебрачной любви и распущенности предрассудок?

— Конечно. Предрассудок и ненавистничество. Солдаты как увидят девицу легкого поведения, то хохочут и свищут, а спроси-ка их: кто они сами?

— Недаром они свищут. То, что девки душат своих незаконноприжитых детей и идут на каторгу, и что Анна Каренина бросилась под поезд, и что в деревнях мажут ворота дегтем, и что нам с тобой, неизвестно почему, нравится в Кате ее чистота, и то, что каждый смутно чувствует потребность в чистой любви, хотя знает, что такой любви нет, — разве всё это предрассудок? Это, братец, единственное, что уцелело от естественного подбора, и, не будь этой темной силы, регулирующей отношения полов, господа Лаевские показали бы тебе, где раки зимуют, и человечество выродилось бы в два года.

Лаевский вошел в гостиную, со всеми поздоровался и, пожимая руку фон Корену, заискивающе улыбнулся. Он выждал удобную минуту и сказал Самойленку:

— Извини, Александр Давидыч, мне нужно сказать тебе два слова.

Самойленко встал, обнял его за талию, и оба пошли в кабинет Никодима Александрыча.

— Завтра пятница... — сказал Лаевский, грызя ногти. — Ты достал, что обещал?

— Достал только двести десять. Остальные сегодня достану или завтра. Будь покоен.

— Слава богу!.. — вздохнул Лаевский, и руки задрожали у него от радости. — Ты меня спасаешь, Александр Давидыч, и, клянусь тебе богом, своим счастьем и чем хочешь, эти деньги я вышлю тебе тотчас же по приезде. И старый долг вышлю.

— Вот что, Ваня... — сказал Самойленко, беря его за пуговицу и краснея. — Ты извини, что я вмешиваюсь в твои семейные дела, но... почему бы тебе не уехать вместе с Надеждой Федоровной?

— Чудак, но разве это можно? Одному из нас непременно надо остаться, иначе кредиторы завопиют. Ведь я должен по лавкам рублей семьсот, если не больше. Погоди, вышлю им деньги, заткну зубы, тогда и она выедет отсюда.

— Так... Но почему бы тебе не отправить ее вперед?

— Ах, боже мой, разве это возможно? — ужаснулся Лаевский. — Ведь она женщина, что она там одна сделает? Что она понимает? Это только проволочка времени и лишняя трата денег.

«Резонно»... — подумал Самойленко, но вспомнил разговор свой с фон Кореном, потупился и сказал угрюмо:

— С тобой я не могу согласиться. Или поезжай вместе с

ней или же отправь ее вперед, иначе... иначе я не дам тебе денег. Это мое последнее слово...

Он попятился назад, навалился спиною на дверь и вышел в гостиную красный, в страшном смущении.

«Пятница... пятница, — думал Лаевский, возвращаясь в гостиную. — Пятница...»

Ему подали чашку шоколаду. Он ожег губы и язык горячим шоколадом и думал:

«Пятница... пятница...»

Слово «пятница» почему-то не выходило у него из головы, он ни о чем, кроме пятницы, не думал, и для него ясно было только, но не в голове, а где-то под сердцем, что в субботу ему не уехать. Перед ним стоял Никодим Александрыч, аккуратненький, с зачесанными височками и просил:

— Кушайте, покорнейше прошу-с...

Марья Константиновна показывала гостям отметки Кати и говорила протяжно:

— Теперь ужасно, ужасно трудно учиться! Так много требуют...

— Мама! — стонала Катя, не зная куда спрятаться от стыда и похвал.

Лаевский тоже посмотрел в отметки и похвалил. Закон божий, русский язык, поведение, пятерки и четверки запрыгали в его глазах, и всё это вместе с привязавшейся к нему пятницей, с зачесанными височками Никодима Александрыча, и с красными щеками Кати представилось ему такой необъятной, непобедимой скукой, что он едва не вскрикнул с отчаяния и спросил себя: «Неужели, неужели я не уеду?»

Поставили рядом два ломберных стола и сели играть в почту. Лаевский тоже сел.

«Пятница... пятница... — думал он, улыбаясь и вынимая из кармана карандаш. — Пятница...»

71

Он хотел обдумать свое положение и боялся думать. Ему страшно было сознаться, что доктор поймал его на обмане, который он так долго и тщательно скрывал от самого себя. Всякий раз, думая о своем будущем, он не давал своим мыслям полной свободы. Он сядет в вагон и поедет — этим решался вопрос его жизни, и дальше он не пускал своих мыслей. Как далекий тусклый огонек в поле, так изредка в голове его мелькала мысль, что где-то в одном из переулков Петербурга, в отдаленном будущем, для того, чтобы разойтись с Надеждой Федоровной и уплатить долги, ему придется прибегнуть к маленькой лжи; он солжет только один раз, и затем наступит полное обновление. И это хорошо: ценою маленькой лжи он купит большую правду.

Теперь же, когда доктор своим отказом грубо намекнул ему на обман, ему стало понятно, что ложь понадобится ему не только в отдаленном будущем, но и сегодня, и завтра, и через месяц, и, быть может, даже до конца жизни. В самом деле, чтобы уехать, ему нужно будет солгать Надежде Федоровне, кредиторам и начальству; затем, чтобы добыть в Петербурге денег, придется солгать матери, сказать ей, что он уже разошелся с Надеждой Федоровной; и мать не даст ему больше пятисот рублей, значит, он уже обманул доктора, так как будет не в состоянии в скором времени прислать ему денег. Затем, когда в Петербург приедет Надежда Федоровна, нужно будет употребить целый ряд мелких и крупных обманов, чтобы разойтись с ней; и опять слезы, скука, постылая жизнь, раскаяние и, значит, никакого обновления не будет. Обман и больше ничего. В воображении Лаевского выросла целая гора лжи. Чтобы перескочить ее б один раз, а не лгать по частям, нужно было решиться на крутую меру, например, ни слова не говоря, встать с места, надеть шапку и тотчас же уехать без денег, не говоря ни слова, но Лаевский чувствовал, что для него это невозможно.

«Пятница, пятница... — думал он. — Пятница...»

Писали записки, складывали их вдвое и клали в старый цилиндр Никодима Александрыча, и, когда скоплялось достаточно записок, Костя, изображавший почтальона, ходил вокруг стола и раздавал их. Дьякон, Катя и Костя, получавшие смешные записки и старавшиеся писать посмешнее, были в восторге.

«Нам надо поговорить», — прочла Надежда Федоровна на записочке. Она переглянулась с Марьей Константиновной, и та миндально улыбнулась и закивала ей головой.

«О чем же говорить? — подумала Надежда Федоровна. — Если нельзя рассказать всего, то и говорить незачем».

Перед тем, как идти в гости, она завязала Лаевскому галстук, и это пустое дело наполнило ее душу нежностью и печалью. Тревога на его лице, рассеянные взгляды, бледность и непонятная перемена, происшедшая с ним в последнее время, и то, что она имела от него страшную, отвратительную тайну, и то, что у нее дрожали руки, когда она завязывала галстук, — всё это почему-то говорило ей, что им обоим уже недолго осталось жить вместе. Она глядела на него, как на икону, со страхом и раскаянием, и думала: «Прости, прости...» Против нее за столом сидел Ачмианов и не отрывал от нее своих черных влюбленных глаз; ее волновали желания, она стыдилась себя и боялась, что даже тоска и печаль не помешают ей уступить нечистой страсти, не сегодня, так завтра, — и что она, как запойный пьяница, уже не в силах остановиться.

Чтобы не продолжать этой жизни, позорной для нее и оскорбительной для Лаевского, она решила уехать. Она будет с плачем умолять его, чтобы он отпустил ее, и если он будет противиться, то она уйдет от него тайно. Она не расскажет ему о том, что произошло. Пусть он сохранит о ней чистое воспоминание.

«Люблю, люблю, люблю», — прочла она. — Это от Ачмианова.

Она будет жить где-нибудь в глуши, работать и высылать Лаевскому «от неизвестного» деньги, вышитые сорочки, табак, и вернется к нему только в старости и в случае, если он опасно заболеет и понадобится ему сиделка. Когда в старости он узнает, по каким причинам она отказалась быть его женой и оставила его, он оценит ее жертву и простит.

«У вас длинный нос». — Это, должно быть, от дьякона или от Кости.

Надежда Федоровна вообразила, как, прощаясь с Лаевским, она крепко обнимет его, поцелует ему руку и поклянется, что будет любить его всю, всю жизнь, а потом, живя в глуши, среди чужих людей, она будет каждый день думать о том, что где-то у нее есть друг, любимый человек, чистый, благородный и возвышенный, который хранит о ней чистое воспоминание.

«Если вы сегодня не назначите мне свидания, то я приму меры, уверяю честным словом. Так с порядочными людьми не поступают, надо это понять». — Это от Кирилина.

XIII

Лаевский получил две записки; он развернул одну и прочел: «Не уезжай, голубчик мой».

«Кто бы это мог написать? — подумал он. — Конечно, не Самойленко... И не дьякон, так как он не знает, что я хочу уехать. Фон Корен разве?»

Зоолог нагнулся к столу и рисовал пирамиду. Лаевскому показалось, что глаза его улыбаются.

«Вероятно, Самойленко проболтался...» — подумал Лаевский.

На другой записке тем же самым изломанным почерком с длинными хвостами и закорючками было написано: «А кто-то в субботу не уедет».

«Глупое издевательство, — подумал Лаевский. — Пятница, пятница...»

Что-то подступило у него к горлу. Он потрогал воротничок и кашлянул, но вместо кашля из горла вырвался смех.

— Ха-ха-ха! — захохотал он. — Ха-ха-ха! «Чему это я?» — подумал он. — Ха-ха-ха!

Он попытался удержать себя, закрыл рукою рот, но смех давил ему грудь и шею, и рука не могла закрыть рта.

«Как это, однако, глупо! — думал он, покатываясь со смеху. — Я с ума сошел, что ли?»

Хохот становился все выше и выше и обратился во что-то похожее на лай болонки. Лаевский хотел встать из-за стола, но ноги его не слушались и правая рука как-то странно, помимо его воли, прыгала по столу, судорожно ловила бумажки и сжимала их. Он увидел удивленные взгляды, серьезное испуганное лицо Самойленка и взгляд зоолога, полный холодной насмешки и гадливости, и понял, что с ним истерика.

«Какое безобразно, какой стыд, — думал он, чувствуя на лице теплоту от слез... — Ах, ах, какой срам! Никогда со мною этого не было...»

Вот взяли его под руки и, поддерживая сзади голову, повели куда-то; вот стакан блеснул перед глазами и стукнул по зубам, и вода пролилась на грудь; вот маленькая комната, посреди две постели рядом, покрытые чистыми, белыми, как снег, покрывалами. Он повалился на одну постель и зарыдал.

— Ничего, ничего... — говорил Самойленко. — Это бывает... Это бывает...

Похолодевшая от страха, дрожа всем телом и предчувствуя что-то ужасное, Надежда Федоровна стояла у постели и спрашивала:

— Что с тобой? Что? Ради бога говори...

«Не написал ли ему чего-нибудь Кирилин?» — думала она.

— Ничего... — сказал Лаевский, смеясь и плача. — Уйди отсюда... голубка.

Лицо его не выражало ни ненависти, ни отвращения: значит, он ничего не знает; Надежда Федоровна немного успокоилась и пошла в гостиную.

— Не волнуйтесь, милая! — сказала ей Марья Константиновна, садясь рядом и беря ее за руку. — Это пройдет. Мужчины так же слабы, как и мы, грешные. Вы оба теперь переживаете кризис... это так понятно! Ну, милая, я жду ответа. Давайте поговорим.

— Нет, не будем говорить... — сказала Надежда Федоровна, прислушиваясь к рыданиям Лаевского. — У меня тоска... Позвольте мне уйти.

— Что вы, что вы, милая! — испугалась Марья Константиновна. — Неужели вы думаете, что я отпущу вас без ужина? Закусим, тогда и с богом.

— У меня тоска... — прошептала Надежда Федоровна и, чтобы не упасть, взялась обеими руками за ручку кресла.

— У него родимчик! — сказал весело фон Корен, входя в гостиную, но, увидев Надежду Федоровну, смутился и вышел.

Когда кончилась истерика, Лаевский сидел на чужой постели и думал:

«Срам, разревелся, как девчонка! Должно быть, я смешон и гадок. Уйду черным ходом... Впрочем, это значило бы, что я придаю своей истерике серьезное значение. Следовало бы ее разыграть в шутку...»

Он посмотрелся в зеркало, посидел немного и вышел в гостиную.

— А вот и я! — сказал он, улыбаясь; ему было мучительно стыдно, и он чувствовал, что и другим стыдно в его присутствии. — Бывают же такие истории, — сказал он, садясь. — Сидел я и вдруг, знаете ли, почувствовал страшную колющую боль в боку... невыносимую, нервы не выдержали и... и вышла такая глупая штука. Наш нервный век, ничего не поделаешь!

За ужином он пил вино, разговаривал и изредка, судорожно вздыхал, поглаживал себе бок, как бы показывая, что боль еще чувствуется. И никто, кроме Надежды Федоровны, не верил ему, и он видел это.

В десятом часу пошли гулять на бульвар. Надежда Федоровна, боясь, чтобы с нею не заговорил Кирилин, всё время старалась держаться около Марии Константиновны и детей. Она ослабела от страха и тоски и, предчувствуя лихорадку, томилась и еле передвигала ноги, но не шла домой, так как была уверена, что за нею пойдет Кирилин или Ачмианов, или оба вместе. Кирилин шел сзади, рядом с Никодимом Александрычем, и напевал вполголоса:

— Я игра-ать мной не позво-олю! Не позво-олю!

С бульвара повернули к павильону и пошли по берегу и долго смотрели, как фосфорится море. Фон Корен стал рассказывать, отчего оно фосфорится.

XIV

— Однако, мне пора винтить... Меня ждут, — сказал Лаевский. — Прощайте, господа.

— И я с тобой, погоди, — сказала Надежда Федоровна и взяла его под руку.

Они простились с обществом и пошли. Кирилин тоже простился, сказал, что ему по дороге, и пошел рядом с ними.

«Что будет, то будет... — думала Надежда Федоровна. — Пусть...»

Ей казалось, что все нехорошие воспоминания вышли из ее головы и идут в потемках рядом с ней и тяжело дышат, и она сама, как муха, попавшая в чернила, ползет через силу по мостовой и пачкает в черное бок и руку Лаевского. Если Кирилин, думала она, сделает что-нибудь дурное, то в этом будет виноват не он, а она одна. Ведь было время, когда ни один мужчина не разговаривал с нею так, как Кирилин, и сама она порвала это время, как нитку, и погубила его безвозвратно — кто же виноват в этом? Одурманенная своими желаниями, она стала улыбаться совершенно незнакомому человеку только потому, вероятно, что он статен и высок ростом, в два свидания он наскучил ей, и она бросила его, и разве поэтому, — думала она теперь, — он не имеет права поступить с нею, как ему угодно?

— Тут, голубка, я с тобой прощусь, — сказал Лаевский, останавливаясь. — Тебя проводит Илья Михайлыч.

Он поклонился Кирилину и быстро пошел поперек бульвара, прошел через улицу к дому Шешковского, где светились окна, и слышно было затем, как он стукнул калиткой.

— Позвольте мне объясниться с вами, — начал Кирилин. — Я не мальчишка, не какой-нибудь Ачкасов или Лачкасов, Зачкасов... Я требую серьезного внимания!

У Надежды Федоровны сильно забилось сердце. Она ничего не ответила.

— Вашу резкую перемену в обращении со мной я объяснял сначала кокетством, — продолжал Кирилин, — теперь же вижу, что вы просто не умеете обращаться с порядочными людьми. Вам просто хотелось поиграть мной, как с этим мальчишкой армянином, но я порядочный человек и требую, чтобы со мной поступали, как с порядочным человеком. Итак, я к вашим услугам...

— У меня тоска... — сказала Надежда Федоровна и заплакала и, чтобы скрыть слезы, отвернулась.

— У меня тоже тоска, но что же из этого следует?

Кирилин помолчал немного и сказал отчетливо, с расстановкой:

— Я повторяю, сударыня, что если вы не дадите мне сегодня свидания, то сегодня же я сделаю скандал.

— Отпустите меня сегодня, — сказала Надежда Федоровна и не узнала своего голоса, до такой степени он был жалобен и тонок.

— Я должен проучить вас... Извините за грубый тон, но мне необходимо проучить вас. Да-с, к сожалению, я должен проучить вас. Я требую два свидания: сегодня и завтра. Послезавтра вы совершенно свободны и можете идти на все четыре стороны с кем вам угодно. Сегодня и завтра.

Надежда Федоровна подошла к своей калитке и остановилась.

— Отпустите меня! — шептала она, дрожа всем телом и не видя перед собою в потемках ничего, кроме белого кителя. — Вы правы, я ужасная женщина... я виновата, но отпустите... Я вас прошу... — она дотронулась до его холодной руки и вздрогнула, — я вас умоляю...

— Увы! — вздохнул Кирилин. — Увы! Не в моих планах отпускать вас, я только хочу проучить вас, дать понять, и к тому же, мадам, я слишком мало верю женщинам.

— У меня тоска...

Надежда Федоровна прислушалась к ровному шуму моря, поглядела на небо, усыпанное звездами, и ей захотелось скорее покончить всё и отделаться от проклятого ощущения жизни с ее морем, звездами, мужчинами, лихорадкой...

— Только не у меня дома... — сказала она холодно. — Уведите меня куда-нибудь.

— Пойдемте к Мюридову. Самое лучшее.

— Где это?

— Около старого вала.

Она быстро пошла по улице и потом повернула в переулок, который вел к горам. Было темно. Кое-где на мостовой лежали бледные световые полосы от освещенных окон, и ей казалось, что она, как муха, то попадает в чернила, то опять выползает из них на свет. Кирилин шел за нею. На одном месте он споткнулся, едва не упал и засмеялся.

«Он пьян... — подумала Надежда Федоровна. — Всё равно... всё равно... Пусть».

Ачмианов тоже скоро простился с компанией и пошел вслед за Надеждой Федоровной, чтобы пригласить ее покататься на лодке. Он подошел к ее дому и посмотрел через палисадник: окна были открыты настежь, огня не было.

— Надежда Федоровна! — позвал он.

Прошла минута. Он опять позвал.

— Кто там? — послышался голос Ольги.

— Надежда Федоровна дома?

— Нету. Еще не приходила.

«Странно... Очень странно, — подумал Ачмианов, начиная чувствовать сильное беспокойство. — Она пошла домой...»

Он прошелся по бульвару, потом по улице и заглянул в окна к Шешковскому. Лаевский без сюртука сидел у стола и внимательно смотрел в карты.

— Странно, странно... — пробормотал Ачмианов, и при воспоминании об истерике, которая была с Лаевским, ему стало стыдно. — Если она не дома, то где же?

Он опять пошел к квартире Надежды Федоровны и посмотрел на темные окна.

«Это обман, обман...» — думал он, вспоминая, что она же сама, встретясь с ним сегодня в полдень у Битюговых, обещала вместе кататься вечером на лодке.

Окна в том доме, где жил Кирилин, были темны, и у ворот на лавочке сидел городовой и спал. Ачмианову, когда он посмотрел на окна и на городового, стало всё ясно. Он решил идти домой и пошел, но очутился опять около квартиры Надежды Федоровны. Тут он сел на лавочку и снял шляпу, чувствуя, что его голова горит от ревности и обиды.

В городской церкви били часы только два раза в сутки: в полдень и в полночь. Вскоре после того, как они пробили полночь, послышались торопливые шаги.

80

— Значит, завтра вечером опять у Мюридова! — услышал Ачмианов и узнал голос Кирилина. — В восемь часов. До свиданья-с!

Около палисадника показалась Надежда Федоровна. Не замечая, что на лавочке сидит Ачмианов, она прошла тенью мимо него, отворила калитку и, оставив ее отпертою, вошла в дом. У себя в комнате она зажгла свечу, быстро разделась, но не легла в постель, а опустилась перед стулом на колени, обняла его и припала к нему лбом.

Лаевский вернулся домой в третьем часу.

XV

Решив лгать не сразу, а по частям. Лаевский на другой день, во втором часу, пошел к Самойленку попросить денег, чтобы уехать непременно в субботу. После вчерашней истерики, которая к тяжелому состоянию его души прибавила еще острое чувство стыда, оставаться в городе было немыслимо. Если Самойленко будет настаивать на своих условиях, думал он, то можно будет согласиться на них и взять деньги, а завтра, в самый час отъезда, сказать, что Надежда Федоровна отказалась ехать; с вечера ее можно будет уговорить, что всё это делается для ее же пользы. Если же Самойленко, находящийся под очевидным влиянием фон Корена, совершенно откажет в деньгах или предложит какие-нибудь новые условия, то он, Лаевский, сегодня же уедет на грузовом пароходе, или даже на паруснике, в Новый Афон или Новороссийск, пошлет оттуда матери унизительную телеграмму и будет жить там до тех пор, пока мать не вышлет ему на дорогу.

Придя к Самойленку, он застал в гостиной фон Корена. Зоолог только что пришел обедать и, по обыкновению, раскрыв альбом, рассматривал мужчин в цилиндрах и дам в чепцах.

«Как некстати, — подумал Лаевский, увидев его. — Он может помешать». — Здравствуйте!

— Здравствуйте, — ответил фон Корен, не глядя на него.

— Александр Давидыч дома?

— Да. В кухне.

Лаевский пошел в кухню, но, увидев в дверь, что Самойленко занят салатом, вернулся в гостиную и сел. В присутствии зоолога он всегда чувствовал неловкость, а теперь боялся, что придется говорить об истерике. Прошло больше минуты в молчании. Фон Корен вдруг поднял глаза на Лаевского и спросил:

— Как вы себя чувствуете после вчерашнего?

— Превосходно, — ответил Лаевский, краснея. — В сущности, ведь ничего не было особенного...

— До вчерашнего дня я полагал, что истерика бывает только у дам, и потому думал сначала, что у вас пляска святого Витта.

Лаевский заискивающе улыбнулся и подумал: «Как это неделикатно с его стороны. Ведь он отлично знает, что мне тяжело...» — Да, смешная была история, — сказал он, продолжая улыбаться. — Я сегодня всё утро смеялся. Курьезно в истерическом припадке то, что знаешь, что он нелеп, и смеешься над ним в душе и в то же время рыдаешь. В наш нервный век мы рабы своих нервов; они наши хозяева и делают с нами что хотят. Цивилизация в этом отношении оказала нам медвежью услугу...

Лаевский говорил, и ему было неприятно, что фон Корен серьезно и внимательно слушает его и глядит на него внимательно, не мигая, точно изучает; и досадно ему было на себя за то, что, несмотря на свою нелюбовь к фон Корену, он никак не мог согнать со своего лица заискивающей улыбки.

— Хотя, надо сознаться, — продолжал он, — были

ближайшие причины для припадка и довольно-таки основательные. В последнее время мое здоровье сильно пошатнулось. Прибавьте к этому скуку, постоянное безденежье... отсутствие людей и общих интересов... Положение хуже губернаторского.

— Да, ваше положение безвыходно, — сказал фон Корен.

Эти покойные, холодные слова, содержавшие в себе не то насмешку, не то непрошеное пророчество, оскорбили Лаевского. Он вспомнил вчерашний взгляд зоолога, полный насмешки и гадливости, помолчал немного и спросил, уже не улыбаясь:

— А вам откуда известно мое положение?

— Вы только что говорили о нем сами, да и ваши друзья принимают в вас такое горячее участие, что целый день только и слышишь, что о вас.

— Какие друзья? Самойленко, что ли?

— Да, и он.

— Я попросил бы Александра Давидыча и вообще моих друзей поменьше обо мне заботиться.

— Вот идет Самойленко, попросите его, чтобы он о вас поменьше заботился.

— Я не понимаю вашего тона... — пробормотал Лаевский; его охватило такое чувство, как будто он сейчас только понял, что зоолог ненавидит его, презирает и издевается над ним и что зоолог самый злейший и непримиримый враг его. — Приберегите этот тон для кого-нибудь другого, — сказал он тихо, не имея сил говорить громко от ненависти, которая уже теснила ему грудь и шею, как вчера желание смеяться.

Вошел Самойленко без сюртука, потный и багровый от кухонной духоты.

— А, ты здесь? — сказал он. — Здравствуй, голубчик. Ты обедал? Не церемонься, говори: обедал?

— Александр Давидыч, — сказал Лаевский, вставая, — если я обращался к тебе с какой-нибудь интимной просьбой, то это не значило, что я освобождал тебя от обязанности быть скромным и уважать чужие тайны.

— Что такое? — удивился Самойленко.

— Если у тебя нет денег, — продолжал Лаевский, возвышая голос и от волнения переминаясь с ноги на ногу, — то не давай, откажи, но зачем благовестить в каждом переулке о том, что мое положение безвыходно и прочее? Этих благодеяний и дружеских услуг, когда делают на копейку, а говорят на рубль, я терпеть не могу! Можешь хвастать своими благодениями, сколько тебе угодно, но никто не давал тебе права разоблачать мои тайны!

— Какие тайны? — спросил Самойленко, недоумевая и начиная сердиться. — Если ты пришел ругаться, то уходи. После придешь!

Он вспомнил правило, что когда гневаешься на ближнего, то начни мысленно считать до ста и успокоишься; и он начал быстро считать.

— Прошу вас обо мне не заботиться! — продолжал Лаевский. — Не обращайте на меня внимания. И кому какое дело до меня и до того, как я живу? Да, я хочу уехать! Да, я делаю долги, пью, живу с чужой женой, у меня истерика, я пошл, не так глубокомыслен, как некоторые, но кому какое дело до этого? Уважайте личность!

— Ты, братец, извини, — сказал Самойленко, сосчитав до тридцати пяти, — но...

— Уважайте личность! — перебил его Лаевский. — Эти постоянные разговоры на чужой счет, охи да ахи, постоянные выслеживания, подслушивания, эти сочувствия дружеские... к чёрту! Мне дают деньги взаймы и предлагают условия, как мальчишке! Меня третируют, как чёрт знает что! Ничего я не желаю! — крикнул Лаевский, шатаясь от волнения и боясь, как бы с ним опять не приключилась истерика. — «Значит, в субботу я не уеду», — мелькнуло у него в мыслях. — Ничего я не желаю! Только прошу, пожалуйста, избавить меня от

84

опеки. Я не мальчишка и не сумасшедший и прошу снять с меня этот надзор!

Вошел дьякон и, увидев Лаевского, бледного, размахивающего руками и обращающегося со своею странною речью к портрету князя Воронцова, остановился около двери как вкопанный.

— Постоянные заглядывания в мою душу, — продолжал Лаевский, — оскорбляют во мне человеческое достоинство, и я прошу добровольных сыщиков прекратить свое шпионство! Довольно!

— Что ты... что высказали? — спросил Самойленко, сосчитав до ста, багровея и подходя к Лаевскому.

— Довольно! — повторил Лаевский, задыхаясь и беря фуражку.

— Я русский врач, дворянин и статский советник! — сказал с расстановкой Самойленко. — Шпионом я никогда не был и никому не позволю себя оскорблять! — крикнул он дребезжащим голосом, делая ударение на последнем слове. — Замолчать!

Дьякон, никогда не видавший доктора таким величественным, надутым, багровым и страшным, зажал рот, выбежал в переднюю и покатился там со смеху. Словно в тумане, Лаевский видел, как фон Корен встал и, заложив руки в карманы панталон, остановился в такой позе, как будто ждал, что будет дальше; эта покойная поза показалась Лаевскому в высшей степени дерзкой и оскорбительной.

— Извольте взять ваши слова назад! — крикнул Самойленко.

Лаевский, уже не помнивший, какие он слова говорил, отвечал:

— Оставьте меня в покое! Я ничего не хочу! Я хочу только, чтобы вы и немецкие выходцы из жидов оставили меня в покое! Иначе я приму меры! Я драться буду!

— Теперь понятно, — сказал фон Корен, выходя из-за

стола. — Г. Лаевскому хочется перед отъездом поразвлечься дуэлью. Я могу доставить ему это удовольствие. Г. Лаевский, я принимаю ваш вызов.

— Вызов? — проговорил тихо Лаевский, подходя к зоологу и глядя с ненавистью на его смуглый лоб и курчавые волосы. — Вызов? Извольте! Я ненавижу вас! Ненавижу!

— Очень рад. Завтра утром пораньше около Кербалая, со всеми подробностями в вашем вкусе. А теперь убирайтесь.

— Ненавижу! — говорил Лаевский тихо, тяжело дыша. — Давно ненавижу! Дуэль! Да!

— Убери его, Александр Давидыч, а то я уйду, — сказал фон Корен. — Он меня укусит.

Покойный тон фон Корена охладил доктора; он как-то вдруг пришел в себя, образумился, взял обеими руками Лаевского за талию и, отводя его от зоолога, забормотал ласковым, дрожащим от волнения голосом:

— Друзья мои... хорошие, добрые... Погорячились и будет... и будет... Друзья мои...

Услышав мягкий, дружеский голос, Лаевский почувствовал, что в его жизни только что произошло что-то небывалое, чудовищное, как будто его чуть было не раздавил поезд; он едва не заплакал, махнул рукой и выбежал из комнаты.

«Испытать на себе чужую ненависть, выказать себя перед ненавидящим человеком в самом жалком, презренном, беспомощном виде, — боже мой, как это тяжело! — думал он, немного погодя сидя в павильоне и чувствуя точно ржавчину на теле от только что испытанной чужой ненависти. — Как это грубо, боже мой!»

Холодная вода с коньяком подбодрила его. Он с ясностью представил себе покойное, надменное лицо фон Корена, его вчерашний взгляд, рубаху, похожую на ковер, голос, белые руки, и тяжелая ненависть, страстная, голодная заворочалась в его груди и потребовала удовлетворения. В мыслях он повалил фон Корена на землю и стал топтать его ногами. Он вспоминал в мельчайших подробностях всё происшедшее и удивлялся, как это он мог заискивающе улыбаться ничтожному человеку и вообще дорожить мнением мелких, никому не известных людишек, живущих в ничтожнейшем городе, которого, кажется, нет даже на карте и о котором в Петербурге не знает ни один порядочный человек. Если бы этот городишко вдруг провалился или сгорел, то телеграмму об этом прочли бы в России с такою же скукой, как объявление о продаже подержанной мебели. Убить завтра фон Корена или оставить его в живых — это всё равно, одинаково бесполезно и неинтересно. Выстрелить в ногу или в руку, ранить, потом посмеяться над ним, и как насекомое с оторванной ножкой теряется в траве, так пусть он со своим глухим страданием затеряется после в толпе таких же ничтожных людей, как он сам.

Лаевский пошел к Шешковскому, рассказал ему обо всем и пригласил его в секунданты; потом оба они отправились к начальнику почтово-телеграфной конторы, пригласили и его в секунданты и остались у него обедать. За обедом много шутили и смеялись; Лаевский подтрунивал над тем, что он почти совсем не умеет стрелять, и называл себя королевским стрелком и Вильгельмом Теллем.

— Надо этого господина проучить... — говорил он.

После обеда сели играть в карты. Лаевский играл, пил вино и думал, что дуэль вообще глупа и бестолкова, так как она не решает вопроса, а только осложняет его, но что без нее иногда нельзя обойтись. Например, в данном случае: ведь не подашь же на фон Корена мировому! И предстоящая дуэль еще тем хороша, что после нее ему уж нельзя будет оставаться в городе. Он слегка опьянел, развлекся картами и чувствовал себя хорошо.

Но когда зашло солнце и стало темно, им овладело беспокойство. Это был не страх перед смертью, потому что в нем, пока он обедал и играл в карты, сидела почему-то уверенность, что дуэль кончится ничем; это был страх перед чем-то неизвестным, что должно случиться завтра утром первый раз в его жизни, и страх перед наступающею ночью... Он знал, что ночь будет длинная, бессонная и что придется думать не об одном только фон Корене и его ненависти, но и о той горе лжи, которую ему предстояло пройти и обойти которую у него не было сил и уменья. Похоже было на то, как будто он заболел внезапно; он потерял вдруг всякий интерес к картам и людям, засуетился и стал просить, чтобы его отпустили домой. Ему хотелось поскорее лечь в постель, не двигаться и приготовить свои мысли к ночи. Шешковский и почтовый чиновник проводили его и отправились к фон Корену, чтобы поговорить насчет дуэли.

Около своей квартиры Лаевский встретил Ачмианова. Молодой человек запыхался и был возбужден.

— А я вас ищу, Иван Андреич! — сказал он. — Прошу вас, пойдемте скорее...

— Куда?

— Вас желает видеть один не знакомый вам господин, который имеет до вас очень важное дело. Он убедительно просит вас прийти на минутку. Ему нужно о чем-то поговорить с вами... Для него это всё равно, как жизнь и смерть...

Волнуясь, Ачмианов проговорил это с сильным армянским акцентом, так что у него вышло не «жизнь», а «жизнь».

— Кто он такой? — спросил Лаевский.

— Он просил не говорить его имени.

— Скажите ему, что я занят. Завтра если угодно...

— Как можно! — испугался Ачмианов. — Он хочет сказать вам такое очень важное для вас... очень важное! Если не пойдете, то случится несчастье.

— Странно... — пробормотал Лаевский, не понимая,

88

почему Ачмианов так возбужден и какие это тайны могут быть в скучном, никому не нужном городишке. — Странно, — повторил он в раздумье. — Впрочем, пойдемте. Всё равно.

Ачмианов быстро пошел вперед, а он за ним. Прошли по улице, потом переулком.

— Как это скучно, — сказал Лаевский.

— Сейчас, сейчас... Близко.

Около старого вала они прошли узким переулком между двумя огороженными пустырями, затем вошли в какой-то большой двор и направились к небольшому домику...

— Это дом Мюридова, что ли? — спросил Лаевский.

— Да.

— Но зачем мы идем задворками, не понимаю? Могли бы и улицей. Там ближе...

— Ничего, ничего...

Лаевскому показалось также странным, что Ачмианов повел его к черному ходу и замахал ему рукой, как бы приглашая его идти потише и молчать.

— Сюда, сюда... — сказал Ачмианов, осторожно отворяя дверь и входя в сени на цыпочках. — Тише, тише, прошу вас... Могут услышать.

Он прислушался, тяжело перевел дух и сказал шёпотом:

— Отворите вот эту дверь и войдите... Не бойтесь.

Лаевский, недоумевая, отворил дверь и вошел в комнату с низким потолком и занавешенными окнами. На столе стояла свеча.

— Кого нужно? — спросил кто-то в соседней комнате. — Ты, Мюридка?

Лаевский повернул в эту комнату и увидел Кирилина, а рядом с ним Надежду Федоровну.

Он не слышал, что ему сказали, попятился назад и не заметил, как очутился на улице. Ненависть к фон Корену и беспокойство — всё исчезло из души. Идя домой, он неловко размахивал правой рукой и внимательно смотрел себе под ноги, стараясь идти по гладкому. Дома, в кабинете, он, потирая руки и угловато поводя плечами и шеей, как будто ему было тесно в пиджаке и сорочке, прошелся из угла в угол, потом зажег свечу и сел за стол...

XVI

— Гуманитарные науки, о которых вы говорите, тогда только будут удовлетворять человеческую мысль, когда в движении своем они встретятся с точными науками и пойдут с ними рядом. Встретятся ли они под микроскопом, или в монологах нового Гамлета, или в новой религии, я не знаю, но думаю, что земля покроется ледяной корой раньше, чем это случится. Самое стойкое и живучее из всех гуманитарных знаний — это, конечно, учение Христа, но посмотрите, как даже оно различно понимается! Одни учат, чтобы мы любили всех ближних, и делают при этом исключение для солдат, преступников и безумных: первых они разрешают убивать на войне, вторых изолировать или казнить, а третьим запрещают вступление в брак. Другие толкователи учат любить всех ближних без исключения, не различая плюсов и минусов. По их учению, если к вам приходит бугорчатый, или убийца, или эпилептик и сватает вашу дочь — отдавайте; если кретины идут войной на физически и умственно здоровых — подставляйте головы. Эта проповедь любви ради любви, как искусства для искусства, если бы могла иметь силу, в конце концов привела бы человечество к полному вымиранию, и таким образом совершилось бы грандиознейшее из злодейств, какие когда-либо бывали на земле. Толкований очень много, а если их много, то серьезная мысль не удовлетворяется ни одним из них и к массе всех толкований спешит прибавить свое собственное. Поэтому никогда не ставьте вопроса, как вы

90

говорите, на философскую, или так называемую христианскую, почву; этим вы только отдаляетесь от решения вопроса.

Дьякон внимательно выслушал зоолога, подумал и спросил:

— Нравственный закон, который свойствен каждому из людей, философы выдумали или же его бог создал вместе с телом?

— Не знаю. Но этот закон до такой степени общ для всех народов и эпох, что, мне кажется, его следует признать органически связанным с человеком. Он не выдуман, а есть и будет. Я не скажу вам, что его увидят когда-нибудь под микроскопом, но органическая связь его уже доказывается очевидностью: серьезное страдание мозга и все так называемые душевные болезни выражаются прежде всего в извращении нравственного закона, насколько мне известно.

— Хорошо-с. Значит, как желудок хочет есть, так нравственное чувство хочет, чтобы мы любили своих ближних. Так? Но естественная природа наша по себялюбию противится голосу совести и разума, и потому возникает много головоломных вопросов. К кому же мы должны обращаться за разрешением этих вопросов, если вы не велите ставить их на философскую почву?

— Обратитесь к тем немногим точным знаниям, какие у нас есть. Доверьтесь очевидности и логике фактов. Правда, это скудно, но зато не так зыбко и расплывчато, как философия. Нравственный закон, положим, требует, чтобы вы любили людей. Что ж? Любовь должна заключаться в устранении всего того, что так или иначе вредит людям и угрожает им опасностью в настоящем и будущем. Наши знания и очевидность говорят вам, что человечеству грозит опасность со стороны нравственно и физически ненормальных. Если так, то боритесь с ненормальными. Если вы не в силах возвысить их до нормы, то у вас хватит силы и уменья обезвредить их, то есть уничтожить.

— Значит, любовь в том, чтобы сильный побеждал слабого?

— Несомненно.

— Но ведь сильные распяли господа нашего Иисуса Христа! — сказал горячо дьякон.

— В том-то и дело, что распяли его не сильные, а слабые. Человеческая культура ослабила и стремится свести к нулю борьбу за существование и подбор; отсюда быстрое размножение слабых и преобладание их над сильными. Вообразите, что вам удалось внушить пчелам гуманные идеи в их неразработанной, рудиментарной форме. Что произойдет от этого? Трутни, которых нужно убивать, останутся в живых, будут съедать мёд, развращать и душить пчел — в результате преобладание слабых над сильными и вырождение последних. То же самое происходит теперь и с человечеством: слабые гнетут сильных. У дикарей, которых еще не коснулась культура, самый сильный, мудрый и самый нравственный идет впереди; он вождь и владыка. А мы, культурные, распяли Христа и продолжаем его распинать. Значит, у нас чего-то недостает... И это «что-то» мы должны восстановить у себя, иначе конца не будет этим недоразумениям.

— Но какой у вас есть критериум для различения сильных и слабых?

— Знание и очевидность. Бугорчатых и золотушных узнают по их болезням, а безнравственных и сумасшедших по поступкам.

— Но ведь возможны ошибки!

— Да, но нечего бояться промочить ноги, когда угрожает потоп.

— Это философия, — засмеялся дьякон.

— Нисколько. Вы до такой степени испорчены вашей семинарской философией, что во всем хотите видеть один только туман. Отвлеченные науки, которыми набита ваша молодая голова, потому и называются отвлеченными, что они отвлекают ваш ум от очевидности. Смотрите в глаза чёрту прямо, и если он чёрт, то и говорите, что это чёрт, а не лезьте к Канту или к Гегелю за объяснениями.

Зоолог помолчал и продолжал:

— Дважды два есть четыре, а камень есть камень. Завтра вот у нас дуэль. Мы с вами будем говорить, что это глупо и нелепо, что дуэль уже отжила свой век, что аристократическая дуэль ничем по существу не отличается от пьяной драки в кабаке, а всё-таки мы не остановимся, поедем и будем драться. Есть, значит, сила, которая сильнее наших рассуждений. Мы кричим, что война — это разбой, варварство, ужас, братоубийство, мы без обморока не можем видеть крови; но стоит только французам или немцам оскорбить нас, как мы тотчас же почувствуем подъем духа, самым искренним образом закричим ура и бросимся на врага, вы будете призывать на наше оружие благословение божие и наша доблесть будет вызывать всеобщий и притом искренний восторг. Опять-таки, значит, есть сила, которая если не выше, то сильнее нас и нашей философии. Мы не можем остановить ее так же, как вот этой тучи, которая подвигается из-за моря. Не лицемерьте же, не показывайте ей кукиша в кармане и не говорите: «ах, глупо! ах, устарело! ах, несогласно с писанием!», а глядите ей прямо в глаза, признавайте ее разумную законность, и когда она, например, хочет уничтожить хилое, золотушное, развращенное племя, то не мешайте ей вашими пилюлями и цитатами из дурно понятого Евангелия. У Лескова есть совестливый Данила, который нашел за городом прокаженного и кормит, и греет его во имя любви и Христа. Если бы этот Данила в самом деле любил людей, то он оттащил бы прокаженного подальше от города и бросил его в ров, а сам пошел бы служить здоровым. Христос, надеюсь, заповедал нам любовь разумную, осмысленную и полезную.

— Экой вы какой! — засмеялся дьякон. — В Христа же вы не веруете, зачем же вы его так часто упоминаете?

93

— Нет, верую. Но только, конечно, по-своему, а не по-вашему. Ах, дьякон, дьякон! — засмеялся зоолог; он взял дьякона за талию и сказал весело: — Ну, что ж? Поедем завтра на дуэль?

— Сан не позволяет, а то бы поехал.

— А что значит — сан?

— Я посвященный. На мне благодать.

— Ах, дьякон, дьякон, — повторил фон Корен, смеясь. — Люблю я с вами разговаривать.

— Вы говорите — у вас вера, — сказал дьякон. — Какая это вера? А вот у меня есть дядька-поп, так тот так верит, что когда в засуху идет в поле дождя просить, то берет с собой дождевой зонтик и кожаное пальто, чтобы его на обратном пути дождик не промочил. Вот это вера! Когда он говорит о Христе, так от него сияние идет и все бабы и мужики навзрыд плачут. Он бы и тучу эту остановил и всякую бы вашу силу обратил в бегство. Да... Вера горами двигает.

Дьякон засмеялся и похлопал зоолога по плечу.

— Так-то... — продолжал он. — Вот вы всё учите, постигаете пучину моря, разбираете слабых да сильных, книжки пишете и на дуэли вызываете — и всё остается на своем месте, а глядите, какой-нибудь слабенький старец святым духом пролепечет одно только слово или из Аравии прискачет на коне новый Магомет с шашкой, и полетит у вас всё вверх тарамашкой, и в Европе камня на камне не останется.

— Ну, это, дьякон, на небе вилами писано!

— Вера без дел мертва есть, а дела без веры — еще хуже, одна только трата времени и больше ничего.

На набережной показался доктор. Он увидел дьякона и зоолога и подошел к ним.

— Кажется, всё готово, — сказал он, запыхавшись. — Секундантами будут Говоровский и Бойко. Заедут утром в пять часов. Наворотило-то как! — сказал он, посмотрев на небо. — Ничего не видать. Сейчас дождик будет.

— Ты, надеюсь, поедешь с нами? — спросил фон Корен.

— Нет, боже меня сохрани, я и так замучился. Вместо меня Устимович поедет. Я уже говорил с ним.

Далеко над морем блеснула молния, и послышались глухие раскаты грома.

— Как душно перед грозой! — сказал фон Корен. — Бьюсь об заклад, что ты уже был у Лаевского и плакал у него на груди.

— Зачем я к нему пойду? — ответил доктор, смутившись. — Вот еще!

До захода солнца он несколько раз прошелся по бульвару и по улице, в надежде встретиться с Лаевским. Ему было стыдно за свою вспышку и за внезапный порыв доброты, который последовал за этой вспышкой. Он хотел извиниться перед Лаевским в шуточном тоне, пожурить его, успокоить и сказать ему, что дуэль — остатки средневекового варварства, но что само провидение указало им на дуэль как на средство примирения: завтра оба они, прекраснейшие, величайшего ума люди, обменявшись выстрелами, оценят благородство друг друга и сделаются друзьями. Но Лаевский ни разу не встретился.

— Зачем я к нему пойду? — повторил Самойленко. — Не я его оскорбил, а он меня. Скажи на милость, за что он на меня набросился? Что я ему дурного сделал? Вхожу в гостиную и вдруг, здорово живешь: шпион! Вот те на! Ты скажи: с чего у вас началось? Что ты ему сказал?

— Я ему сказал, что его положение безвыходно. И я был прав. Только честные и мошенники могут найти выход из всякого положения, а тот, кто хочет в одно и то же время быть честным и мошенником, не имеет выхода. Однако, господа, уж 11 часов, а завтра нам рано вставать.

Внезапно налетел ветер; он поднял на набережной пыль, закружил ее вихрем, заревел и заглушил шум моря.

— Шквал! — сказал дьякон. — Надо идти, а то глаза запорошило.

Когда пошли, Самойленко вздохнул и сказал, придерживая фуражку:

— Должно быть, я не буду нынче спать.

— А ты не волнуйся, — засмеялся зоолог. — Можешь быть покоен, дуэль ничем не кончится. Лаевский великодушно в воздух выстрелит, он иначе не может, а я, должно быть, и совсем стрелять не буду. Попадать под суд из-за Лаевского, терять время — не стоит игра свеч. Кстати, какая ответственность полагается за дуэль?

— Арест, а в случае смерти противника заключение в крепости до трех лет.

— В Петропавловской?

— Нет, в военной, кажется.

— Хотя следовало бы проучить этого молодца!

Позади на море сверкнула молния и на мгновение осветила крыши домов и горы. Около бульвара приятели разошлись. Когда доктор исчез в потемках и уже стихали его шаги, фон Корен крикнул ему:

— Как бы погода не помешала нам завтра!

— Чего доброго! А дал бы бог!

— Спокойной ночи!

— Что — ночь? Что ты говоришь?

За шумом ветра и моря и за раскатами грома трудно было расслышать.

— Ничего! — крикнул зоолог и поспешил домой.

XVII

...в уме, подавленном тоской,
Теснится тяжких дум избыток;
Воспоминание безмолвно предо мной
Свой длинный развивает свиток.

И с отвращением читая жизнь мою,
Я трепещу и проклинаю,
И горько жалуюсь, и горько слезы лью,
Но строк печальных не смываю.

                                                    Пушкин.

Убьют ли его завтра утром или посмеются над ним, то
есть оставят ему эту жизнь, он всё равно погиб. Убьет ли себя
с отчаяния и стыда эта опозоренная женщина или будет
влачить свое жалкое существование, она всё равно погибла...

Так думал Лаевский, сидя за столом поздно вечером и всё
еще продолжая потирать руки. Окно вдруг отворилось и
хлопнуло, в комнату ворвался сильный ветер, и бумаги
полетели со стола. Лаевский запер окно и нагнулся, чтобы
собрать с полу бумаги. Он чувствовал в своем теле что-то
новое, какую-то неловкость, которой раньше не было, и не
узнавал своих движений; ходил он несмело, тыча в стороны
локтями и подергивая плечами, а когда сел за стол, то опять
стал потирать руки. Тело его потеряло гибкость.

Накануне смерти надо писать к близким людям.
Лаевский помнил об этом. Он взял перо и написал дрожащим
почерком:

«Матушка!»

Он хотел написать матери, чтобы она во имя
милосердного бога, в которого она верует, дала бы приют и
согрела лаской несчастную, обесчещенную им женщину,
одинокую, нищую и слабую, чтобы она забыла и простила
всё, всё, всё и жертвою хотя отчасти искупила страшный грех
сына; но он вспомнил, как его мать, полная, грузная старуха, в
кружевном чепце, выходит утром из дома в сад, а за нею идет
приживалка с болонкой, как мать кричит повелительным
голосом на садовника и на прислугу и как гордо, надменно ее
лицо, — он вспомнил об этом и зачеркнул написанное слово.

Во всех трех окнах ярко блеснула молния, и вслед за этим раздался оглушительный, раскатистый удар грома, сначала глухой, а потом грохочущий и с треском, и такой сильный, что зазвенели в окнах стекла. Лаевский встал, подошел к окну и припал лбом к стеклу. На дворе была сильная, красивая гроза. На горизонте молнии белыми лентами непрерывно бросались из туч в море и освещали на далекое пространство высокие черные волны. И справа, и слева, и, вероятно, также над домом сверкали молнии.

— Гроза! — прошептал Лаевский; он чувствовал желание молиться кому-нибудь или чему-нибудь, хотя бы молнии или тучам. — Милая гроза!

Он вспомнил, как в детстве во время грозы он с непокрытой головой выбегал в сад, а за ним гнались две беловолосые девочки с голубыми глазами, и их мочил дождь; они хохотали от восторга, но когда раздавался сильный удар грома, девочки доверчиво прижимались к мальчику, он крестился и спешил читать: «Свят, свят, свят...» О, куда вы ушли, в каком вы море утонули, зачатки прекрасной чистой жизни? Грозы уж он не боится и природы не любит, бога у него нет, все доверчивые девочки, каких он знал когда-либо, уже сгублены им и его сверстниками, в родном саду он за всю свою жизнь не посадил ни одного деревца и не вырастил ни одной травки, а живя среди живых, не спас ни одной мухи, а только разрушал, губил и лгал, лгал...

«Что в моем прошлом не порок?» — спрашивал он себя, стараясь уцепиться за какое-нибудь светлое воспоминание, как падающий в пропасть цепляется за кусты.

Гимназия? Университет? Но это обман. Он учился дурно и забыл то, чему его учили. Служение обществу? Это тоже обман, потому что на службе он ничего не делал, жалованье получал даром и служба его — это гнусное казнокрадство, за которое не отдают под суд.

Истина не нужна была ему, и он не искал ее, его совесть,

околдованная пороком и ложью, спала или молчала; он, как чужой или нанятый с другой планеты, не участвовал в общей жизни людей, был равнодушен к их страданиям, идеям, религиям, знаниям, исканиям, борьбе, он не сказал людям ни одного доброго слова, не написал ни одной полезной, не пошлой строчки, не сделал людям ни на один грош, а только ел их хлеб, пил их вино, увозил их жен, жил их мыслями и, чтобы оправдать свою презренную, паразитную жизнь перед ними и самим собой, всегда старался придавать себе такой вид, как будто он выше и лучше их. Ложь, ложь и ложь...

Он ясно вспомнил то, что видел вечером в доме Мюридова, и ему было невыносимо жутко от омерзения и тоски. Кирилин и Ачмианов отвратительны, но ведь они продолжали то, что он начал; они его сообщники и ученики. У молодой, слабой женщины, которая доверяла ему больше, чем брату, он отнял мужа, круг знакомых и родину и завез ее сюда — в зной, в лихорадку и в скуку; изо дня в день она, как зеркало, должна была отражать в себе его праздность, порочность и ложь — и этим, только этим наполнялась ее жизнь, слабая, вялая, жалкая; потом он пресытился ею, возненавидел, но не хватило мужества бросить, и он старался всё крепче опутать ее лганьем, как паутиной... Остальное доделали эти люди.

Лаевский то садился у стола, то опять отходил к окну; он то тушил свечу, то опять зажигал ее. Он вслух проклинал себя, плакал, жаловался, просил прощения; несколько раз в отчаянии подбегал он к столу и писал: «Матушка!»

Кроме матери, у него не было никого родных и близких; но как могла помочь ему мать? И где она? Он хотел бежать к Надежде Федоровне, чтобы пасть к ее ногам, целовать ее руки и ноги, умолять о прощении, но она была его жертвой, и он боялся ее, точно она умерла.

— Погибла жизнь! — бормотал он, потирая руки. — Зачем же я еще жив, боже мой!..

Он столкнул с неба свою тусклую звезду, она закатилась, и след ее смешался с ночною тьмой; она уже не вернется на небо, потому что жизнь дается только один раз и не повторяется. Если бы можно было вернуть прошлые дни и годы, он ложь в них заменил бы правдой, праздность — трудом, скуку — радостью, он вернул бы чистоту тем, у кого взял ее, нашел бы бога и справедливость, но это так же невозможно, как закатившуюся звезду вернуть опять на небо. И оттого, что это невозможно, он приходил в отчаяние.

Когда прошла гроза, он сидел у открытого окна и покойно думал о том, что будет с ним. Фон Корен, вероятно, убьет его. Ясное, холодное миросозерцание этого человека допускает уничтожение хилых и негодных; если же оно изменит в решительную минуту, то помогут ему ненависть и чувство гадливости, какие возбуждает в нем Лаевский. Если же он промахнется, или для того, чтобы посмеяться над ненавистным противником, только ранит его, или выстрелит в воздух, то что тогда делать? Куда идти?

«Ехать в Петербург? — спрашивал себя Лаевский. — Но это значило бы снова начать старую жизнь, которую я проклинаю. И кто ищет спасения в перемене места, как перелетная птица, тот ничего не найдет, так как для него земля везде одинакова. Искать спасения в людях? В ком искать и как? Доброта и великодушие Самойленка так же мало спасительны, как смешливость дьякона или ненависть фон Корена. Спасения надо искать только в себе самом, а если не найдешь, то к чему терять время, надо убить себя, вот и всё...»

Послышался шум экипажа. Уже светало. Коляска проехала мимо, повернула и, скрипя колесами по мокрому песку, остановилась около дома. В коляске сидели двое.

— Погодите, я сейчас! — сказал им Лаевский в окно. — Я не сплю. Разве уже пора?

— Да. Четыре часа. Пока доедем...

Лаевский надел пальто и фуражку, взял в карман папирос и остановился в раздумье; ему казалось, что нужно было сделать еще что-то. На улице тихо разговаривали секунданты и фыркали лошади, и эти звуки в раннее сырое утро, когда все спят и чуть брезжит небо, наполнили душу Лаевского унынием, похожим на дурное предчувствие. Он постоял немного в раздумье и пошел в спальню.

Надежда Федоровна лежала в своей постели, вытянувшись, окутанная с головою в плед; она не двигалась и напоминала, особенно головою, египетскую мумию. Глядя на нее молча, Лаевский мысленно попросил у нее прощения и подумал, что если небо не пусто и в самом деле там есть бог, то он сохранит ее; если же бога нет, то пусть она погибнет, жить ей незачем.

Она вдруг вскочила и села в постели. Подняв свое бледное лицо и глядя с ужасом на Лаевского, она спросила:

— Это ты? Гроза прошла?

— Прошла.

Она вспомнила, положила обе руки на голову и вздрогнула всем телом.

— Как мне тяжело! — проговорила она. — Если б ты знал, как мне тяжело! Я ждала, — продолжала она, жмурясь, — что ты убьешь меня или прогонишь из дому под дождь и грозу, а ты медлишь... медлишь...

Он порывисто и крепко обнял ее, осыпал поцелуями ее колени и руки, потом, когда она что-то бормотала ему и вздрагивала от воспоминаний, он пригладил ее волосы и, всматриваясь ей в лицо, понял, что эта несчастная, порочная женщина для него единственный близкий, родной и незаменимый человек.

Когда он, выйдя из дому, садился в коляску, ему хотелось вернуться домой живым.

XVIII

Дьякон встал, оделся, взял свою толстую суковатую палку и тихо вышел из дому. Было темно, и дьякон в первые минуты, когда пошел по улице, не видел даже своей белой палки; на небе не было ни одной звезды, и походило на то, что опять будет дождь. Пахло мокрым песком и морем.

«Пожалуй, не напали бы чеченцы», — думал дьякон, слушая, как его палка стучала о мостовую и как звонко и одиноко раздавался в ночной тишине этот стук.

Выйдя за город, он стал видеть и дорогу и свою палку; на черном небе кое-где показались мутные пятна и скоро выглянула одна звезда и робко заморгала своим одним глазом. Дьякон шел по высокому каменистому берегу и не видел моря; оно засыпало внизу, и невидимые волны его лениво и тяжело ударялись о берег и точно вздыхали: уф! И как медленно! Ударилась одна волна, дьякон успел сосчитать восемь шагов, тогда ударилась другая, через шесть шагов третья. Так же точно не было ничего видно, и в потемках слышался ленивый, сонный шум моря, слышалось бесконечно далекое, невообразимое время, когда бог носился над хаосом.

Дьякону стало жутко. Он подумал о том, как бы бог не наказал за то, что он водит компанию с неверующими и даже идет смотреть на их дуэль. Дуэль будет пустяковая, бескровная, смешная, но, как бы то ни было, она — зрелище языческое и присутствовать на ней духовному лицу совсем неприлично. Он остановился и подумал: не вернуться ли? Но сильное, беспокойное любопытство взяло верх над сомнениями, и он пошел дальше.

«Они хотя неверующие, но добрые люди и спасутся», — успокаивал он себя. — Обязательно спасутся! — сказал он вслух, закуривая папиросу.

Какою мерою нужно измерять достоинства людей, чтобы

судить о них справедливо? Дьякон вспомнил своего врага, инспектора духовного училища, который и в бога веровал, и на дуэлях не дрался, и жил в целомудрии, но когда-то кормил дьякона хлебом с песком и однажды едва не оторвал ему уха. Если человеческая жизнь сложилась так немудро, что этого жестокого и нечестного инспектора, кравшего казенную муку, все уважали и молились в училище о здравии его и спасении, то справедливо ли сторониться таких людей, как фон Корен и Лаевский, только потому, что они неверующие? Дьякон стал решать этот вопрос, но ему вспомнилось, какая смешная фигура была сегодня у Самойленка, и это прервало течение его мыслей. Сколько завтра будет смеху! Дьякон воображал, как он засядет под куст и будет подсматривать, а когда завтра за обедом фон Корен начнет хвастать, то он, дьякон, со смехом станет рассказывать ему все подробности дуэли.

«Откуда вы всё знаете?» — спросит зоолог. — «То-то вот и есть. Дома сидел, а знаю».

Хорошо бы описать дуэль в смешном виде. Тесть будет читать и смеяться, тестя же кашей не корми, а только расскажи или напиши ему что-нибудь смешное.

Открылась долина Желтой речки. От дождя речка стала шире и злее, и уж она не ворчала, как прежде, а ревела. Начинался рассвет. Серое тусклое утро, и облака, бежавшие на запад, чтобы догнать грозовую тучу, и горы, опоясанные туманом, и мокрые деревья — всё показалось дьякону некрасивым и сердитым. Он умылся из ручья, прочел утренние молитвы, и захотелось ему чаю и горячих пышек со сметаной, которые каждое утро подают у тестя к столу. Вспомнилась ему дьяконица и «Невозвратное», которое она играет на фортепиано. Что она за женщина? Дьякона познакомили, сосватали и женили на ней в одну неделю; пожил он с нею меньше месяца и его командировали сюда, так что он и не разобрал до сих пор, что она за человек. А все-таки без нее скучновато.

103

«Надо ей письмишко написать»... — думал он.

Флаг на духане размок от дождя и повис, и сам духан с мокрой крышей казался темнее и ниже, чем он был раньше. Около дверей стояла арба; Кербалай, каких-то два абхазца и молодая татарка в шароварах, должно быть жена или дочь Кербалая, выносили из духана мешки с чем-то и клали их в арбу на кукурузовую солому. Около арбы, опустив головы, стояла пара ослов. Уложив мешки, абхазцы и татарка стали накрывать их сверху соломой, а Кербалай принялся поспешно запрягать ослов. «Контрабанда, пожалуй», — подумал дьякон.

Вот поваленное дерево с высохшими иглами, вот черное пятно от костра. Припомнился пикник со всеми его подробностями, огонь, пение абхазцев, сладкие мечты об архиерействе и крестном ходе... Черная речка от дождя стала чернее и шире. Дьякон осторожно прошел по жидкому мостику, до которого уже дохватывали грязные волны своими гривами, и взобрался по лесенке в сушильню.

«Славная голова! — думал он, растягиваясь на соломе и вспоминая о фон Корене. — Хорошая голова, дай бог здоровья. Только в нем жестокость есть...»

За что он ненавидит Лаевского, а тот его? За что они будут драться на дуэли? Если бы они с детства знали такую нужду, как дьякон, если бы они воспитывались в среде невежественных, черствых сердцем, алчных до наживы, попрекающих куском хлеба, грубых и неотесанных в обращении, плюющих на пол и отрыгивающих за обедом и во время молитвы, если бы они с детства не были избалованы хорошей обстановкой жизни и избранным кругом людей, то как бы они ухватились друг за друга, как бы охотно прощали взаимно недостатки и ценили бы то, что есть в каждом из них. Ведь даже внешне порядочных людей так мало на свете! Правда, Лаевский шалый, распущенный, странный, но ведь он не украдет, не плюнет громко на пол, не попрекнет жену: «лопаешь, а работать не хочешь», не станет бить ребенка вожжами или кормить своих слуг вонючей солониной — неужели этого недостаточно, чтобы относиться к нему снисходительно? К тому же, ведь он первый страдает от своих недостатков, как больной от своих ран. Вместо того, чтобы от скуки и по какому-то недоразумению искать друг в друге вырождения, вымирания, наследственности и прочего, что мало понятно, не лучше ли им спуститься пониже и направить ненависть и гнев туда, где стоном гудят целые улицы от грубого невежества, алчности, попреков, нечистоты, ругани, женского визга...

Послышался стук экипажа и прервал мысли дьякона. Он выглянул в дверь и увидел коляску, а в ней троих: Лаевского, Шешковского и начальника почтово-телеграфной конторы.

— Стоп! — сказал Шешковский.

Все трое вылезли из коляски и посмотрели друг на друга.

— Их еще нет, — сказал Шешковский, стряхивая с себя грязь. — Что ж? Пока суд да дело, пойдем поищем удобного места. Здесь повернуться негде.

Они пошли дальше вверх по реке и скоро скрылись аз виду. Кучер-татарин сел в коляску, склонил голову на плечо и заснул. Подождав минут десять, дьякон вышел из сушильни и, снявши черную шляпу, чтобы его не заметили, приседая и оглядываясь, стал пробираться по берегу меж кустами и полосами кукурузы; с деревьев и с кустов сыпались на него крупные капли, трава и кукуруза были мокры.

— Срамота! — бормотал он, подбирая свои мокрые и грязные фалды. — Знал бы, не пошел.

Скоро он услышал голоса и увидел людей. Лаевский, засунув руки в рукава и согнувшись, быстро ходил взад и вперед по небольшой поляне; его секунданты стояли у самого берега и крутили папиросы.

«Странно... — подумал дьякон, не узнавая походки Лаевского. — Будто старик».

— Как это невежливо с их стороны! — сказал почтовый

чиновник, глядя на часы. — Может быть, по-ученому, и хорошо опаздывать, но, по-моему, это свинство.

Шешковский, толстый человек с черной бородой, прислушался и сказал:

— Едут!

XIX

— Первый раз в жизни вижу! Как славно! — сказал фон Корен, показываясь на поляне и протягивая обе руки к востоку. — Посмотрите: зеленые лучи!

На востоке из-за гор вытянулись два зеленых луча, и это, в самом деле, было красиво. Восходило солнце.

— Здравствуйте! — продолжал зоолог, кивнув головой секундантам Лаевского. — Я не опоздал?

За ним шли его секунданты, два очень молодых офицера одинакового роста, Бойко и Говоровский, в белых кителях, и тощий, нелюдимый доктор Устимович, который в одной руке нес узел с чем-то, а другую заложил назад; по обыкновению, вдоль спины у него была вытянута трость. Положив узел на землю и ни с кем не здороваясь, он отправил и другую руку за спину и зашагал по поляне.

Лаевский чувствовал утомление и неловкость человека, который, быть может, скоро умрет и поэтому обращает на себя общее внимание. Ему хотелось, чтобы его поскорее убили или же отвезли домой. Восход солнца он видел теперь первый раз в жизни; это раннее утро, зеленые лучи, сырость и люди в мокрых сапогах казались ему лишними в его жизни, ненужными и стесняли его; всё это не имело никакой связи с пережитою ночью, с его мыслями и с чувством вины, и потому он охотно бы ушел, не дожидаясь дуэли.

Фон Корен был заметно возбужден и старался скрыть это, делая вид, что его больше всего интересуют зеленые лучи. Секунданты были смущены и переглядывались друг с другом, как бы спрашивая, зачем они тут и что им делать.

— Я полагаю, господа, что идти дальше нам незачем, — сказал Шешковский. — И здесь ладно.

— Да, конечно, — согласился фон Корен.

Наступило молчание. Устимович, шагая, вдруг круто повернул к Лаевскому и сказал вполголоса, дыша ему в лицо:

— Вам, вероятно, еще не успели сообщить моих условий. Каждая сторона платит мне по 15 рублей, а в случае смерти одного из противников оставшийся в живых платит все 30.

Лаевский был раньше знаком с этим человеком, но только теперь в первый раз отчетливо увидел его тусклые глаза, жесткие усы и тощую, чахоточную шею: ростовщик, а не доктор! Дыхание его имело неприятный, говяжий запах.

«Каких только людей не бывает на свете», — подумал Лаевский и ответил.

— Хорошо.

Доктор кивнул головой и опять зашагал, и видно было, что ему вовсе не нужны были деньги, а спрашивал он их просто из ненависти. Все чувствовали, что пора уже начинать или кончать то, что уже начато, но не начинали и не кончали, а ходили, стояли и курили. Молодые офицеры, которые первый раз в жизни присутствовали на дуэли и теперь плохо верили в эту штатскую, по их мнению, ненужную дуэль, внимательно осматривали свои кителя и поглаживали рукава. Шешковский подошел к ним и сказал тихо:

— Господа, мы должны употребить все усилия, чтобы эта дуэль не состоялась. Нужно помирить их.

Он покраснел и продолжал:

— Вчера у меня был Кирилин и жаловался, что Лаевский застал его вчера с Надеждой Федоровной и всякая штука.

— Да, нам тоже это известно, — сказал Бойко.

— Ну, вот видите ли... У Лаевского дрожат руки и всякая штука... Он и пистолета теперь не поднимет. Драться с ним так же нечеловечно, как с пьяным или с тифозным. Если примирение не состоится, то надо, господа, хоть отложить дуэль, что ли... Такая чертовщина, что не глядел бы.

— Вы поговорите с фон Кореном.

— Я правил дуэли не знаю, чёрт их подери совсем, и знать не желаю; может быть, он подумает, что Лаевский струсил и меня подослал к нему. А, впрочем, как ему угодно, я поговорю.

Шешковский нерешительно, слегка прихрамывая, точно отсидел ногу, направился к фон Корену, и, пока он шел и покрякивал, вся его фигура дышала ленью.

— Вот что я должен вам сказать, сударь мой, — начал он, внимательно рассматривая цветы на рубахе зоолога. — Это конфиденциально... Я правил дуэли не знаю, чёрт их побери совсем, и знать не желаю и рассуждаю не как секундант и всякая штука, а как человек и всё.

— Да. Ну?

— Когда секунданты предлагают мириться, то их обыкновенно не слушают, смотрят, как на формальность. Самолюбие и всё. Но я прошу вас покорнейше обратить внимание на Ивана Андреича. Он сегодня не в нормальном состоянии, так сказать, не в своем уме и жалок. У него произошло несчастье. Терпеть я не могу сплетен, — Шешковский покраснел и оглянулся, — но ввиду дуэли я нахожу нужным сообщить вам. Вчера вечером он в доме Мюридова застал свою мадам с... одним господином.

— Какая гадость! — пробормотал зоолог; он побледнел, поморщился и громко сплюнул: — Тьфу!

Нижняя губа у него задрожала; он отошел от Шешковского, не желая дальше слушать, и, как будто нечаянно попробовал чего-то горького, опять громко сплюнул и с ненавистью первый раз за всё утро взглянул на

Лаевского. Его возбуждение и неловкость прошли, он встряхнул головой и сказал громко:

— Господа, что же это мы ждем, спрашивается? Почему не начинаем?

Шешковский переглянулся с офицерами и пожал плечами.

— Господа! — сказал он громко, ни к кому не обращаясь. — Господа! Мы предлагаем вам помириться!

— Покончим скорее с формальностями, — сказал фон Корен. — О примирении уже говорили. Теперь еще какая следующая формальность? Поскорее бы, господа, а то время не ждет.

— Но мы всё-таки настаиваем на примирении, — сказал Шешковский виноватым голосом, как человек, который вынужден вмешиваться в чужие дела; он покраснел, приложил руку к сердцу и продолжал: — Господа, мы не видим причинной связи между оскорблением и дуэлью. У обиды, какую мы иногда по слабости человеческой наносим друг другу, и у дуэли нет ничего общего. Вы люди университетские и образованные и, конечно, сами видите в дуэли одну только устарелую, пустую формальность и всякая штука. Мы так на нее и смотрим, иначе бы не поехали, так как не можем допустить, чтобы в нашем присутствии люди стреляли друг в друга и всё. — Шешковский вытер с лица пот и продолжал: — Покончите же, господа, ваше недоразумение, подайте друг другу руки и поедем домой пить мировую. Честное слово, господа!

Фон Корен молчал. Лаевский, заметив, что на него смотрят, сказал:

— Я ничего не имею против Николая Васильевича. Если он находит, что я виноват, то я готов извиниться перед ним.

Фон Корен обиделся.

— Очевидно, господа, — сказал он, — вам угодно, чтобы г. Лаевский вернулся домой великодушным и рыцарем, но я не могу доставить вам и ему этого удовольствия. И не было надобности вставать рано и ехать из города за десять верст для того только, чтобы пить мировую, закусывать и объяснять мне, что дуэль устарелая формальность. Дуэль есть дуэль, и не следует делать ее глупее и фальшивее, чем она есть на самом деле. Я желаю драться!

Наступило молчание. Офицер Бойко достал из ящика два пистолета: один подали фон Корену, другой Лаевскому, и затем произошло замешательство, которое ненадолго развеселило зоолога и секундантов. Оказалось, что из всех присутствовавших ни один не был на дуэли ни разу в жизни и никто не знал точно, как нужно становиться и что должны говорить и делать секунданты. Но потом Бойко вспомнил и, улыбаясь, стал объяснять.

— Господа, кто помнит, как описано у Лермонтова? — спросил фон Корен смеясь. — У Тургенева также Базаров стрелялся с кем то там...

— К чему тут помнить? — сказал нетерпеливо Устимович, останавливаясь. — Отмерьте расстояние — вот и всё.

И он раза три шагнул, как бы показывая, как надо отмеривать. Бойко отсчитал шаги, а его товарищ обнажил шашку и поцарапал землю на крайних пунктах, чтобы обозначить барьер.

Противники, при всеобщем молчании, заняли свои места.

«Кроты», — вспомнил дьякон, сидевший в кустах.

Что-то говорил Шешковский, что-то объяснял опять Бойко, но Лаевский не слышал или, вернее, слышал, но не понимал. Он, когда настало для этого время, взвел курок и поднял тяжелый, холодный пистолет дулом вверх. Он забыл расстегнуть пальто, и у него сильно сжимало в плече и под мышкой, и рука поднималась с такою неловкостью, как будто рукав был сшит из жести. Он вспомнил свою вчерашнюю ненависть к смуглому лбу и курчавым волосам и подумал, что даже вчера, в минуту сильной ненависти и гнева, он не смог бы выстрелить в человека. Боясь, чтобы пуля как-нибудь невзначай не попала в фон Корена, он поднимал пистолет всё выше и выше и чувствовал, что это слишком показное великодушие не деликатно и не великодушно, но иначе не умел и не мог. Глядя на бледное, насмешливо улыбавшееся лицо фон Корена, который, очевидно, с самого начала был уверен, что его противник выстрелит в воздух, Лаевский думал, что сейчас, слава богу, всё кончится и что вот только нужно надавить покрепче собачку...

Сильно отдало в плечо, раздался выстрел и в горах ответило эхо: пах-тах!

И фон Корен взвел курок и посмотрел в сторону Устимовича, который по-прежнему шагал, заложив руки назад и не обращая ни на что внимания.

— Доктор, — сказал зоолог, — будьте добры, не ходите, как маятник. У меня от вас мелькает в глазах.

Доктор остановился. Фон Корен стал прицеливаться в Лаевского.

«Кончено!» — подумал Лаевский.

Дуло пистолета, направленное прямо в лицо, выражение ненависти и презрения в позе и во всей фигуре фон Корена, и это убийство, которое сейчас совершит порядочный человек среди бела дня в присутствии порядочных людей, и эта тишина, и неизвестная сила, заставляющая Лаевского стоять, а не бежать, — как всё это таинственно, и непонятно, и страшно! Время, пока фон Корен прицеливался, показалось Лаевскому длиннее ночи. Он умоляюще взглянул на секундантов; они не шевелились и были бледны.

«Скорее же стреляй!» — думал Лаевский и чувствовал, что его бледное, дрожащее, жалкое лицо должно возбуждать в фон Корене еще большую ненависть.

«Я его сейчас убью, — думал фон Корен, прицеливаясь в лоб и уже ощущая пальцем собачку. — Да, конечно, убью...»

— Он убьет его! — послышался вдруг отчаянный крик где-то очень близко.

Тотчас же раздался выстрел. Увидев, что Лаевский стоит на месте, а не упал, все посмотрели в ту сторону, откуда послышался крик, и увидели дьякона. Он, бледный, с мокрыми, прилипшими ко лбу и к щекам волосами, весь мокрый и грязный, стоял на том берегу в кукурузе, как-то странно улыбался и махал мокрой шляпой. Шешковский засмеялся от радости, заплакал и отошел в сторону...

XX

Немного погодя фон Корен и дьякон сошлись около мостика. Дьякон был взволнован, тяжело дышал и избегал смотреть в глаза. Ему было стыдно и за свой страх, и за свою грязную, мокрую одёжу.

— Мне показалось, что вы хотели его убить... — бормотал он. — Как это противно природе человеческой! До какой степени это противоестественно!

— Как вы сюда попали, однако? — спросил зоолог.

— Не спрашивайте! — махнул рукой дьякон. — Нечистый попутал: иди да иди... Вот и пошел, и чуть в кукурузе не помер от страха. Но теперь, слава богу, слава богу... Я весьма вами доволен, — бормотал дьякон. — И наш дедка-тарантул будет доволен... Смеху-то, смеху! А только я прошу вас убедительно, никому не говорите, что я был тут, а то мне, пожалуй, влетить в загривок от начальства. Скажут: дьякон секундантом был.

— Господа! — сказал фон Корен. — Дьякон просит вас никому не говорить, что вы видели его здесь. Могут выйти неприятности.

— Как это противно природе человеческой! — вздохнул

дьякон. — Извините меня великодушно, но у вас такое было лицо, что я думал, что вы непременно его убьете.

— У меня было сильное искушение прикончить этого мерзавца, — сказал фон Корен, — но вы крикнули мне под руку, и я промахнулся. Вся эта процедура, однако, противна с непривычки и утомила меня, дьякон. Я ужасно ослабел. Поедемте...

— Нет, уж дозвольте мне пешком идти. Мне просохнуть надо, а то я измок и прозяб.

— Ну, как знаете, — сказал томным голосом ослабевший зоолог, садясь в коляску и закрывая глаза. — Как знаете...

Пока ходили около экипажей и усаживались, Кербалай стоял у дороги и, взявшись обеими руками за живот, низко кланялся и показывал зубы; он думал, что господа приехали наслаждаться природой и пить чай, и не понимал, почему это они садятся в экипажи. При общем безмолвии поезд тронулся, и около духана остался один только дьякон.

— Ходил духан, пил чай, — сказал он Кербалаю. — Мой хочет кушать.

Кербалай хорошо говорил по-русски, но дьякон думал, что татарин скорее поймет его, если он будет говорить с ним на ломаном русском языке.

— Яичницу жарил, сыр давал...

— Иди, иди, поп, — сказал Кербалай, кланяясь. — Всё дам... И сыр есть, и вино есть... Кушай, чего хочешь.

— Как по-татарски — бог? — спрашивал дьякон, входя в духан.

— Твой бог и мой бог всё равно, — сказал Кербалай, не поняв его. — Бог у всех один, а только люди разные. Которые русские, которые турки или которые английски — всяких людей много, а бог один.

— Хорошо-с. Если все народы поклоняются единому богу, то почему же вы, мусульмане, смотрите на христиан как на вековечных врагов своих?

113

— Зачем сердишься? — сказал Кербалай, хватаясь обеими руками за живот. — Ты поп, я мусульман, ты говоришь — кушать хочу, я даю... Только богатый разбирает, какой бог твой, какой мой, а для бедного всё равно. Кушай, пожалуйста.

Пока в духане происходил богословский разговор, Лаевский ехал домой и вспоминал, как жутко ему было ехать на рассвете, когда дорога, скалы и горы были мокры и темны и неизвестное будущее представлялось страшным, как пропасть, у которой не видно дна, а теперь дождевые капли, висевшие на траве и на камнях, сверкали от солнца, как алмазы, природа радостно улыбалась, и страшное будущее оставалось позади. Он посматривал на угрюмое, заплаканное лицо Шешковского и вперед на две коляски, в которых сидели фон Корен, его секунданты и доктор, и ему казалось, как будто они все возвращались из кладбища, где только что похоронили тяжелого, невыносимого человека, который мешал всем жить.

«Всё кончено», — думал он о своем прошлом, осторожно поглаживая пальцами шею.

У него в правой стороне шеи, около воротничка, вздулась небольшая опухоль, длиною и толщиною с мизинец, и чувствовалась боль, как будто кто провел по шее утюгом. Это контузила пуля.

Затем, когда он приехал домой, для него потянулся длинный, странный, сладкий и туманный, как забытье, день. Он, как выпущенный из тюрьмы или больницы, всматривался в давно знакомые предметы и удивлялся, что столы, окна, стулья, свет и море возбуждают в нем живую, детскую радость, какой он давно-давно уже не испытывал. Бледная и сильно похудевшая Надежда Федоровна не понимала его кроткого голоса и странной походки; она торопилась рассказать ему всё, что с нею было... Ей казалось, что он, вероятно, плохо слышит и не понимает ее и что если он всё узнает, то проклянет ее и убьет, а он слушал ее, гладил ей лицо и волоса, смотрел ей в глаза и говорил:

— У меня нет никого, кроме тебя...

Потом они долго сидели в палисаднике, прижавшись друг к другу, и молчали, или же, мечтая вслух о своей будущей счастливой жизни, говорили короткие, отрывистые фразы, и ему казалось, что он никогда раньше не говорил так длинно и красиво.

XXI

Прошло три месяца с лишним.

Наступил день, назначенный фон Кореном для отъезда. С раннего утра шел крупный, холодный дождь, дул норд-остовый ветер и на море развело сильную волну. Говорили, что в такую погоду пароход едва ли зайдет на рейд. По расписанию он должен был прийти в десятом часу утра, но фон Корен, выходивший на набережную в полдень и после обеда, не увидел в бинокль ничего, кроме серых волн и дождя, застилавшего горизонт.

К концу дня дождь перестал и ветер начал заметно стихать. Фон Корен уже помирился с мыслью, что ему сегодня не уехать, и сел играть с Самойленком в шахматы; но когда стемнело, денщик доложил, что на море показались огни и что видели ракету.

Фон Корен заторопился. Он надел сумочку через плечо, поцеловался с Самойленком и с дьяконом, без всякой надобности обошел все комнаты, простился с денщиком и с кухаркой и вышел на улицу с таким чувством, как будто забыл что-то у доктора или у себя на квартире. На улице шел он рядом с Самойленком, за ними дьякон с ящиком, а позади всех денщик с двумя чемоданами. Только Самойленко и денщик различали тусклые огоньки на море, остальные же смотрели в потемки и ничего не видели. Пароход остановился далеко от берега.

— Скорее, скорее, — торопился фон Корен. — Я боюсь, что он уйдет!

Проходя мимо трехоконного домика, в который перебрался Лаевский вскоре после дуэли, фон Корен не удержался и заглянул в окно. Лаевский, согнувшись, сидел за столом, спиною к окну и писал.

— Я удивляюсь, — тихо сказал зоолог. — Как он скрутил себя!

— Да, удивления достойно, — вздохнул Самойленко. — Так с утра до вечера, всё сидит и работает. Долги хочет выплатить. А живет, брат, хуже нищего!

Прошло полминуты в молчании. Зоолог, доктор и дьякон стояли у окна и всё смотрели на Лаевского.

— Так и не уехал отсюда, бедняга,   сказал Самойленко. — А помнишь, как он хлопотал?

— Да, сильно он скрутил себя, — повторил фон Корен. — Его свадьба, эта целодневная работа из-за куска хлеба, какое-то новое выражение на его лице и даже его походка — всё это до такой степени необыкновенно, что я и не знаю, как назвать это, — зоолог взял Самойленко за рукав и продолжал с волнением в голосе: — Ты передай ему и его жене, что когда я уезжал, я удивлялся им, желал всего хорошего... и попроси его, чтобы он, если это можно, не поминал меня лихом. Он меня знает. Он знает, что если бы я мог тогда предвидеть эту перемену, то я мог бы стать его лучшим другом.

— Ты зайди к нему, простись.

— Нет. Это неудобно.

— Отчего? Бог знает, может, больше уж никогда не увидишься с ним.

Зоолог подумал и сказал:

— Это правда.

Самойленко тихо постучал пальцем в окно. Лаевский вздрогнул и оглянулся.

— Ваня, Николай Васильевич желает с тобой проститься, — сказал Самойленко. — Он сейчас уезжает.

Лаевский встал из-за стола и пошел в сени, чтобы отворить дверь. Самойленко, фон Корен и дьякон вошли в дом.

— Я на одну минутку, — начал зоолог, снимая в сенях калоши и уже жалея, что он уступил чувству и вошел сюда без приглашения. «Я как будто навязываюсь, — подумал он, — а это глупо». — Простите, что я беспокою вас, — сказал он, входя за Лаевским в его комнату, — но я сейчас уезжаю, и меня потянуло к вам. Бог знает, увидимся ли когда еще.

— Очень рад... Покорнейше прошу, — сказал Лаевский и неловко подставил гостям стулья, точно желая загородить им дорогу, и остановился посреди комнаты, потирая руки.

«Напрасно я не оставил свидетелей на улице», — подумал фон Корен и сказал твердо: — Не поминайте меня лихом, Иван Андреич. Забыть прошлого, конечно, нельзя, оно слишком грустно, и я не затем пришел сюда, чтобы извиняться или уверять, что я не виноват. Я действовал искренно и не изменил своих убеждений с тех порю... Правда, как вижу теперь к великой моей радости, я ошибся относительно вас, но ведь спотыкаются и на ровной дороге, и такова уж человеческая судьба: если не ошибаешься в главном, то будешь ошибаться в частностях. Никто не знает настоящей правды.

— Да, никто не знает правды... — сказал Лаевский.

— Ну, прощайте... Дай бог вам всего хорошего.

Фон Корен подал Лаевскому руку; тот пожал ее и поклонился.

— Не поминайте же лихом, — сказал фон Корен. — Поклонитесь вашей жене и скажите ей, что я очень жалел, что не мог проститься с ней.

— Она дома.

Лаевский подошел к двери и сказал в другую комнату:

— Надя, Николай Васильевич желает с тобой проститься.

Вошла Надежда Федоровна; она остановилась около двери и робко взглянула на гостей. Лицо у нее было виноватое и испуганное, и руки она держала, как гимназистка, которой делают выговор.

— Я сейчас уезжаю, Надежда Федоровна, — сказал фон Корен, — и пришел проститься.

Она нерешительно протянула ему руку, а Лаевский поклонился.

«Как они, однако, оба жалки! — подумал фон Корен. — Не дешево достается им эта жизнь». — Я буду в Москве и в Петербурге, — спросил он, — не нужно ли вам что-нибудь прислать оттуда?

— Что же? — сказала Надежда Федоровна и встревоженно переглянулась с мужем. — Кажется, ничего...

— Да, ничего... — сказал Лаевский, потирая руки. — Кланяйтесь.

Фон Корен не знал, что еще можно и нужно сказать, а раньше, когда входил, то думал, что скажет очень много хорошего, теплого и значительного. Он молча пожал руки Лаевскому и его жене и вышел от них с тяжелым чувством.

— Какие люди! — говорил дьякон вполголоса, идя сзади. — Боже мой, какие люди! Воистину десница божия насадила виноград сей! Господи, господи! Один победил тысячи, а другой тьмы. Николай Васильич, — сказал он восторженно, — знайте, что сегодня вы победили величайшего из врагов человеческих — гордость!

— Полно, дьякон! Какие мы с ним победители? Победители орлами смотрят, а он жалок, робок, забит, кланяется, как китайский болванчик, а мне... мне грустно.

Сзади послышались шаги. Это догонял Лаевский, чтобы проводить. На пристани стоял денщик с двумя чемоданами, а несколько поодаль — четыре гребца.

— Однако, подувает... брр! — сказал Самойленко. — В море, должно быть, теперь штормяга — ой, ой! Не в пору ты едешь, Коля.

— Я не боюсь морской болезни.

— Не в том... Не опрокинули бы тебя эти дураки. Следовало бы на агентской шлюпке доехать. Где агентская шлюпка? — крикнул он гребцам.

— Ушла, ваше превосходительство.

— А таможенная?

— Тоже ушла.

— Отчего же не доложили? — рассердился Самойленко. — Остолопы!

— Всё равно, не волнуйся... — сказал фон Корен. — Ну, прощай. Храни вас бог.

Самойленко обнял фон Корена и перекрестил его три раза.

— Не забывай же, Коля... Пиши... Будущей весной ждать будем.

— Прощайте, дьякон, — сказал фон Корен, пожимая дьякону руку. — Спасибо вам за компанию и за хорошие разговоры. Насчет экспедиции подумайте.

— Да, господи, хоть на край света! — засмеялся дьякон. — Разве я против?

Фон Корен узнал в потемках Лаевского и молча протянул ему руку. Гребцы уже стояли внизу и придерживали лодку, которая билась о сваи, хотя мол загораживал ее от большой зыби. Фон Корен спустился по трапу, прыгнул в лодку и сел у руля.

— Пиши! — крикнул ему Самойленко. — Здоровье береги!

«Никто не знает настоящей правды», — думал Лаевский, поднимая воротник своего пальто и засовывая руки в рукава.

Лодка бойко обогнула пристань и вышла на простор. Она исчезла в волнах, но тотчас же из глубокой ямы скользнула на высокий холм, так что можно было различить и людей, и даже весла. Лодка прошла сажени три, и ее отбросило назад сажени на две.

— Пиши! — крикнул Самойленко. — Понесла тебя нелегкая в такую погоду!

«Да, никто не знает настоящей правды...» — думал Лаевский, с тоскою глядя на беспокойное темное море.

«Лодку бросает назад, — думал он, — делает она два шага вперед и шаг назад, но гребцы упрямы, машут неутомимо веслами и не боятся высоких волн. Лодка идет всё вперед и вперед, вот уж ее и не видно, а пройдет с полчаса, и гребцы ясно увидят пароходные огни, а через час будут уже у пароходного трапа. Так и в жизни... В поисках за правдой люди делают два шага вперед, шаг назад. Страдания, ошибки и скука жизни бросают их назад, но жажда правды и упрямая воля гонят вперед и вперед. И кто знает? Быть может, доплывут до настоящей правды...»

— Проща-а-ай! — крикнул Самойленко.

— Не видать и не слыхать, — сказал дьякон. — Счастливой дороги!

Стал накрапывать дождь.